中篇小说金库

林贤治　肖建国 主编

战俘

ZhanFu

艾　伟著

广东省出版集团　花城出版社
中国·广州

图书在版编目（CIP）数据

战俘 / 艾伟著. -- 广州 : 花城出版社, 2013.7
（中篇小说金库 / 林贤治, 肖建国主编. 第5辑）
ISBN 978-7-5360-6756-1

Ⅰ. ①战… Ⅱ. ①艾… Ⅲ. ①中篇小说－中国－当代
Ⅳ. ①I247.5

中国版本图书馆CIP数据核字(2013)第067393号

出版人：詹秀敏
责任编辑：曹玛丽
技术编辑：薛伟民　凌春梅
装帧设计：林露茜

书　　名　战俘
　　　　　ZHAN FU
出版发行　花城出版社
　　　　　（广州市环市东路水荫路11号）
经　　销　全国新华书店
印　　刷　佛山市浩文彩色印刷有限公司
　　　　　（广东省佛山市南海区狮山科技工业园A区）
开　　本　880毫米×1230毫米　32开
印　　张　5.875　2插页
字　　数　150,000字
版　　次　2013年7月第1版　2013年7月第1次印刷
印　　数　1－5,000册
定　　价　20.00元

购书热线：020—37604658　37602954
花城出版社网站：http://www.fcph.com.cn

总　序

在中国，“小说”一词使用已久，最早见于《庄子》，《汉书·艺文志》说是“小说家者流，盖出于稗官；街谈巷语，道听涂说之所造也”。小说的雏形是神话传说的简略记录，后来发展到《搜神记》一类志怪小说和《世说新语》一类志人小说，结构都很简单。及至出现唐人传奇，宋元话本，小说乃由粗具梗概变得枝繁叶茂起来。鲁迅指出：“是时则始有意为小说”，就是说，小说创作的自觉意识直到这时方始建立，结果是：小说有了中篇的规模，题材有所拓展，最突出的是情节性大大加强，而语言也趋于通俗，更富于表现力。明初《三国演义》、《水浒传》的制作，标志着古典小说趋向成熟；随着清代《红楼梦》的出现，达致巅峰状态。盛极而衰，紧接着，变革时代也就适时而至了。

宋元“说话”中有一类名为“小说”，指的是话本中的短篇故事，与我们现今使用的概念相去甚远。我们说的“小说”，实际上是晚近的舶来品，可以说，是由欧洲的小说观念再命名的。

在欧洲，小说发展的道路与我国大体相似，即由神话而传奇而故事，由短篇而中篇而长篇。至十九世纪，长篇小说十分鼎盛，致使黑格尔断言极限来临。及世纪末，现代主义小说很快出现，传统的主题和写法被打破了。其实，十八世纪末以前，欧洲小说的体式已经相当完备，只是小说之名（novel）迟至此时才正式流行起来罢了。

几乎与此同时，有了中篇小说（novelette 或 novella）的名目。中篇小说是中型的叙事散文作品，一般而言，以篇幅的长短划界，但因此也就有了相当的弹性，需要把所叙的事件的规模、时间长度、结构的复杂与完整的程度同时作为参照。绥拉菲摩维奇的中篇《铁流》，论结构，可以算作长篇；莫泊桑的《俊友》本是中长篇，意大利作家莫拉维亚却是把它当作注水的短篇来看的。

五四新文学运动把中国文学分为前后两截。语言由文言改为白话，表面上是语言层面的变革，实质上是一场带根本意义的文学观念的革命。胡适写《白话文学史》，所说的白话，仍是古典的白话，与五四时期语法相当欧化的白话很不相同。五四的小说，一、凸显文学的主体性，自觉性，叛逆性，个性解放与人道主义成为小说的主旋律；二、题材和主题有所扩展，社会问题进入小说，“神圣劳工”及知识分子形象组成了新的人物画廊。三、小说结构基本上是西式的，块状的，自由组合的，而非线性的、连环组接的传统章回体。除了思想观念，还有形式技法，都是现代的，面向西方，学习西方，而有了东方式的创造。

现代小说仍以短篇先行，几年后，中长篇相继产生。1922年，鲁迅的《阿Q正传》正式发表。以中篇的篇幅容纳了一个革命的时代，统摄了一个民族的灵魂，这确实是一个奇迹，尤其出现在新文学的发轫期。当时，郁达夫、庐隐、废名等都有中篇问世，但多流于粗浅。

直到三十年代，一批作家和作品挣脱自叙传性质而向广大的社会面开拓，开始走向成熟。茅盾除了长篇《子夜》，又以中篇《林家铺子》、《春蚕》反映中国社会的变动。乡土题材聚集了众多作家，萧红、沈从文、王鲁彦、吴组缃、沙汀，还有废名，都有相当数量的作品。其中《生死场》和《边城》，或凄厉，或幽婉，更富于鲜明的艺术特色。左翼作家蒋光慈、叶紫、丁玲，均著有反映革命斗争的中篇，对于充斥着帝王将相、才子佳人，而且往往有着“大团圆”结局的传统小说来说，本身也不失为一种革命。其中，蒋光慈较早揭示革命与人性的冲突，并因此遭到内部批判，作为文学史上的一个典型案例，是很可注意的。柔石的《二月》，写大时代里的边缘人，有所批判，有所省思，也有所顾惜，是另一种笔墨。丁玲从《莎菲女士的日记》到《水》，从个人主义到集体主义，宿命般地显示了中国现代作家群体角色的演变过程。上海一批作家，如施蛰存、刘呐鸥、穆时英等，不重现实而重审美、重感觉、重印象、重情调，以中产阶级趣味烹制都市文学。在此期间，巴金、老舍、张天翼都是有影响的小说家，且都有中篇制作。巴金后来写的《憩园》，一种挽歌调子，似乎与他早年激越的文字颇异样。

四十年代的延安文学是一种新型文学，但是实质上，在"为政治服务"和"为工农兵所利用"的背后，却混杂了不少传统主义、民粹主义的因素，意识形态代替了个人思想，形式——所谓"民族形式"——比较单一。赵树理小说《小二黑结婚》、《李有才板话》，在当时可以看作是一种具有方向性的作品。此间，丁玲的《在医院中》和《我在霞村的时候》，对个人理想和女性主义作最后的坚持，可谓弥足珍贵。在"国统区"，包括抗战时的"沦陷区"，张爱玲写下《金锁记》、《倾城之恋》，以第三只眼看人世，着意经营现代传奇。还有师陀，他的《落日光》、《果园城记》，在艺术上非常讲究，很有特色。青年路翎异军突起，写作《饥饿的郭素娥》，从形象、情节到语言，则明显地带有一种野性，富含力的美。

1949年以后，小说家同其他作家和知识分子一样，经历了

 长达三十年的思想改造的过程；而创作，隶属于这一过程而基

本上成为被改造的产物。一些著名小说家停止了小说写作，如进入领导层的茅盾、巴金；一批“国统区”作家对新政权心存疑惧而逃逸，如张爱玲；而沉默，如沈从文；而改变作风，如老舍。“解放区”作家一路高歌猛进，柳青的长篇《创业史》名重一时，还有赵树理的《三里湾》、《锻炼锻炼》等；然而到后来，也遭到了批判，在“文革”中被迫害致死。在这样的语境中产生的小说，主题基本上是“写中心”的，因此很难具备优秀的品质，中篇的数量也不大。

五十年代中期，出现了一批中短篇作品，主题有所开拓。其中，王蒙的《组织部来了个年轻人》是有代表性的。青年作者是严肃的，敏锐的，小说揭露官僚主义者的丑恶，闪耀着一个“少布”的理想主义的光芒。宗璞的《红豆》，忠实于对校园知识分子爱情生活的描写，无意中涉入禁区。但是，这些颇有“离经叛道”倾向的思想和作品，很快销声匿迹。像路翎、丁玲这些出色的小说家，在“肃反”及“反右”斗争中，先后遭到整肃，给中国文学带来很大的伤害。

至七十年代末，一场浩劫过后，社会思想包括文学思想活跃一时，一批作家解除了荆冠，恢复了写作的权利；另一批青年流放者从农村归来，正式练习笔耕，小说家队伍于是迅速壮大。这时，西方大批思想文化读物及文学经典，包括现代小说被介绍进来，大型文学刊物纷纷创刊，这就给中篇小说的繁荣准备了温床。

继“重放的鲜花”之后，一批带有创伤记忆的作品问世，其中有《天云山传奇》、《犯人李铜钟的故事》、《大墙下的红玉兰》、《绿化树》、《一个冬天的童话》、《被爱情遗忘的角落》等。叙述知青生活的小说不断涌现，形成了一个小小的浪潮。其中大多数把上山下乡运动当成一场人生劫难来描写，像张承志的《北方的河》、《黑骏马》这样作积极的浪漫主义的回顾，表达对土地和人民的灵魂的皈依者为数极少。王小波属于明显的异类，他的《黄金时代》表现“文革”的禁锢与荒诞，想象大胆、奇特，在形式上有很大的独创性。至于阿城的《棋王》，体现一种道教传统文化的逍遥心态，恐怕是唯一的。很快地，小说开始向现实生活掘进，一类着重于生存困境的揭示，如描写技术知识分子的《人到中年》，描写农村青年男女的《人生》；一类倾力表现中国面临的社会变迁，包括农村的责任承包，城市的企业改制，等等。高晓声的《陈奂生上城》和蒋子龙的《乔厂长上任记》，可以作为代表。此间，一批描写民俗，表现人性的作品出现了，如汪曾祺的《受戒》、《大淖纪事》，张洁的《爱是不能忘记的》等，另外还有一些无法归类的小说。

比起前三十年，这个时期中篇小说的数量陡增，题材变得更加丰富多样，然而在主题的发掘方面，多满足于形象地复制意识形态结论，整体风格“温柔敦厚”，缺乏作家个人判断的独立性和社会批判的深刻性。关于改革，未及完全跳出长期以来形成的“歌颂”与“暴露”二元对立模式，对现实中的黑暗面、矛盾与冲突的复杂性缺少充分的揭示，主观意识往往与现存秩序相妥协。即便如此，喧哗一时的中篇小说，仍然显示出为五十年代以来所未有的突破性成就。

及至八十年代中期，小说界的风气很快偏移了被称作“思想解放运动”时期所确立的关于人的历史命运的悲剧主题，出现了一种形式主义的倾向。在此期间，有两大创作现象是值得注意的。一是“寻根文学”，即从现实生活中寻找人类学、文化学的源头。从表面上看，“寻根”是现实问题的深化，实际上大多数作品都脱离了现实政治，否弃了对现存体制的实质性追询，公式化、符码化。王安忆的中篇《小鲍庄》，在国民性的探寻中依然保持了生活的饱满的汁液，是这一路文学中少有的佳作。还有一个现象是“先锋小说”，旨在形式上做实验，内容相对单薄，有不少西方现代主义的赝品。但是，无可否认的是，个别小说活跃着新的思想元素，如刘索拉的《你别无选择》、徐星的《无主题变奏》；但是大体上，这些实验小说颇类三十年代的“海派”，作品不求大，不求深，但求领异标新，多少丰富了中国小说的叙事形式。

九十年代小说整体乏善可陈。当此艰难时世，有人倡言“新写实主义”，“躲避崇高”，“分享艰难”。应运而生的这一类小说，可以说是正统文学的代表，政治力求正确，艺术追摹宏大；个别作家貌似解构正统，如王朔，实质上是一种“别裁”，一种补充。由于有着各种权力资源的支持，潜在势力是雄厚的。但这时，一种相反的文学趋势也起来了，就是所谓的“个人化叙事”。叙事的个人性，在这里竟成了反社会的一个遁辞；正如有人标榜“女性主义写作”，却置换了这个源自西方用语中的自由、平等这样带政治学、社会学的内容，而从事纯个人题材的写作，琐碎、淫靡、空洞，甚至充满色情描写。此时，又有所谓“新生代”群体顺次登场，批评家为之鼓吹，出版界推波助澜，呈崛起之势。其实这批青少年作者普遍缺乏社会生活方面的体验，也缺乏文学训练，浮嚣有余而坚实不足。

新世纪以来，又有人提出“底层文学”的口号。倘若能够正视现实，关注底层，对于有着几千年“瞒和骗”传统的中国文学来说，应当说是一种根本的转变。但是，以我们的作家目前的素质和状态，要高张并坚持一种现实主义的文学精神，并非轻而易举的事。一些被称为“大腕”的人物继续编造冗长的故事，即使抓住“苦难”作题材，也是随意编织材料，违背生活逻辑；而且在主体方面，也缺乏起码的诚爱与同情。作品的“酷”，不仅仅在于技术上的冷处理。具有一定的底层生活经验的作者，作品大多显得粗糙，因此在总体上比起八十年代，中篇小说创作不见得有长足的进步。较为优秀的作品，有尤凤伟的《小灯》和林白的《回廊之椅》，两者对土改历史都有颠覆性的叙述；描写矿工生活的，有迟子建的《世界上所有的夜晚》；

反映农村题材的，有刘庆邦的《到城里去》，胡学文的《命案高悬》，以及徐则臣写农民工的“北漂”系列小说。此外，像薛忆沩的《通往天堂的最后一段路程》，钟晶晶的《第三个人》，则以其哲理性和诗性，在众多以故事性见长的小说中显出一种罕有的杂色来。

近百年间，中篇小说从题材、主题、体式、技巧等各个方面，不断地有所开拓，有所发展。但是，一个颇具讽刺意味的现象是，最早出现在现代小说史上的《阿Q正传》，至今仍然是一座无法逾越的高峰。比起二三十年代的小说来，当代小说虽然在叙述故事和刻画人物等手段方面，相对显得娴熟，但是艺术个性并不突出。首先，表现在文学语言本身，就缺少个人笔调；在现实生活中，长期的集体主义教育，使个人性受到遏制，或许是根本的原因。同时，语言也缺少优雅的气质，缺少精致，缺少韵味，这同长期推广“工农兵文艺”，以文学为政治宣传的工具不无关系；扩而言之，同汉语语境遭到破坏，同整个社会语言的粗鄙化有关。在形式上，中国小说满足于讲故事，讲究“好看”，缺乏西方小说的那种精神性，缺乏思想深度。

中篇小说的繁荣，从根本上说，有赖于一个民族的文化和文学的繁荣。道路是漫长的，但因此，前景也未尝不可能说是开阔的。单就现代小说发展来说，从五四到现在也不过一百年的历史，具有经典性价值的作品极少，而真正堪称优秀的作品也不会很多。在此，我们编选了这套《中篇小说金库》，旨在集中这类具有较高的思想价值和艺术价值的作品，以利于流播；反过来，也可以充作进一步滋养小说创作的一份泥土和养料。需要说明的是：其中有个别作品，编者并不认为属于最优秀的部分，但是不可否认，它们自问世之后在文学界和读书界中造成的影响，从文学社会学的意义上考虑，这也未尝不可以算作是一种"含金量"，因此一并予以收入。

《金库》分辑陆续出版，希望得到作家、批评家、文学史家及广大读者的大力推荐，以确保它作为中国现代小说的一个文本系统的完整性。

编选说明

一、《中篇小说金库》，以小说文本为主体，版本或按初次发表，或以作者后来认定为准，不作一致要求。必要时，个别版本有所说明。

二、小说以单一中篇为主，或同时收入题材或主题相近的其他中短篇，旨在加强读者对作家的主要的中篇小说，或某一方面的创作思想的了解。

三、除小说文本外，附录作者回忆录、自述或访谈，以及相关的传记材料及重要评论。个别作品的评论具有争鸣性质，意在反映小说的社会影响的实况，也可供作文学史研究之需。

四、附录作者简历、年表。

五、附录作者照片及手稿，部分为编者所收集，部分为作家及家属首次提供。

艾伟

作者简介

艾伟，一九六六年生于浙江上虞。当代作家。现居宁波。著有长篇《风和日丽》、《爱人有罪》、《爱人同志》、《越野赛跑》，中短篇小说集《乡村电影》、《水中花》、《小姐们》、《水上的声音》等。另有五卷本《艾伟作品集》。其中《越野赛跑》获全国大红鹰文学奖；《爱人同志》获《当代》拉力赛分站冠军；《爱人有罪》登2006年度中国小说学会年度长篇小说排行榜；《风和日丽》获《人民文学》双年奖、春申原创文学年度最佳小说奖及登2009年度中国小说学会长篇小说排行榜。另有中篇《家园》、《中篇一或短篇二》（即《战俘》），短篇《游戏房》等多部作品曾登各年度中国小说学会中短篇小说排行榜。部分作品被译介到国外。

2003 年，小说月报在海南的一个笔会

2005 年 6 月在绍兴兰亭，和女儿

2006 年 6 月，在波兰奥斯维辛集中营

2005 年 9 月，和张新颖在锦州。

2007 年 9 月和施战军在甘孜

2005 年，刚刚完成《爱人有罪》，在福建连城的一个红色旅游点获得《风和日丽》的灵感

2012 年在里昂，在《风和日丽》中，我描述过这座城市

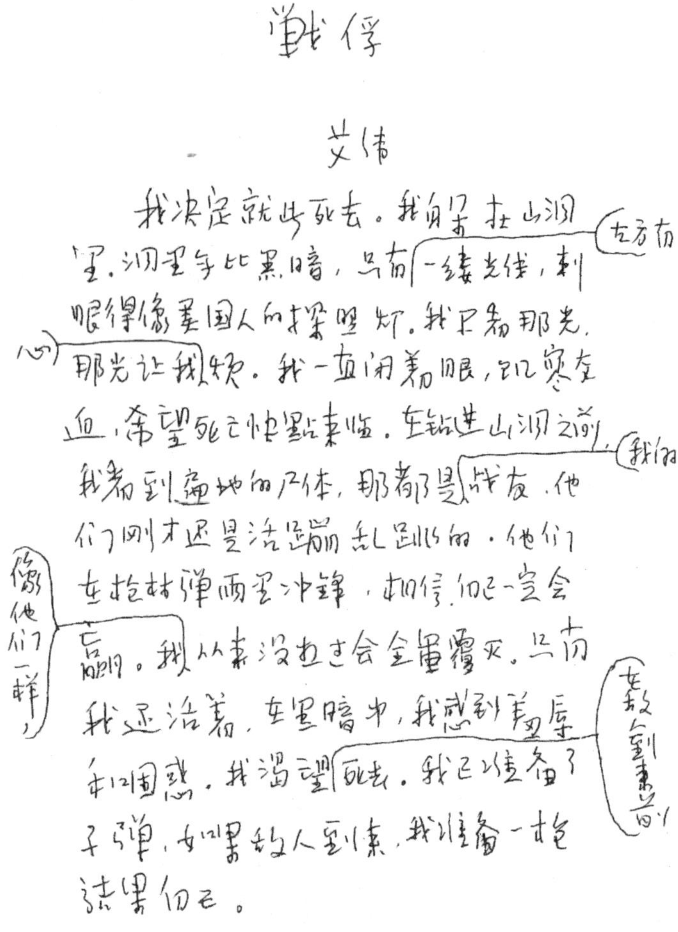

战俘

艾伟

我决定就此死去。我躲在山洞里。洞里无比黑暗，只有一缕光线，刺眼得像美国人的探照灯。我只看那光，那光让我烦。我一直闭着眼，饥寒交迫，希望死亡快点来临。在钻进山洞之前，我看到遍地的尸体，那都是战友。他们刚才还是活蹦乱跳的。他们在枪林弹雨里冲锋，相信他们一定会胜利。我从来没想过会全军覆灭。只有我还活着。在黑暗中，我感到羞辱和困惑。我渴望死去。我已准备了子弹，如果敌人到来，我准备一枪结果自己。

在前方

心

我的

像他们一样，

在敌人到来前，

艾伟手稿

2011年9月在保加利亚

目录

中篇小说金库

战　　俘

艾　伟

上部　俘虏

我决定就此死去。我躲在山洞里。洞里无比黑暗，只有左方有一缕光线，刺眼得像美国人的探照灯。我不看那光，那光让我心烦。我一直闭着眼，饥寒交迫，希望死亡快点来临。在钻进山洞之前，我看到遍地的尸体，那都是我的战友，他们刚才还是活蹦乱跳的。他们在枪林弹雨里冲锋，相信自己一定会赢。我像他们一样，从来没想过会全军覆灭。只有我还活着，在黑暗中，我感到羞辱和困惑。我渴望在敌人到来之前死去。我已准备了子弹，如果敌人到来，我准备一枪结果自己。

我睡着了。等我醒来的时候，一群南韩人正围着我，他们的枪口对着我的脑壳。我这才知道我是被弄醒的。我意识到自己被俘了，我迅速拿起身边的枪，但他们的反应很快，把我的双手架住，让我无法动弹。我挣扎了一下，可我已没有一点力气，我沮丧地喘着粗气。他们哇啦哇啦叫着。在参战前，我们学过几句简单的朝语，我听懂其中的几句。他们叫我安静，不要反抗，否则要毙了我。我愿意他们一枪毙了我。

我想不通。我从来没想过失败。我们跨过鸭绿江的时候没想过这个，至少没想过会被抓起来，做俘虏。在我的脑子里，俘虏是个同我无关的耻辱的词语，这支部队从来没有教过我们举手投降。现在我却被活捉了。

他们把我带到一个哨所。他们开始审问我。我当然什么也没有说。那些南韩人气坏了。我看到他们眼中的杀机。我要激怒他们，让他们毙了我。要激怒这些南韩人很容易，只需用眼神。他们见我眼神中的鄙视，怒不可遏。他们就把我拉出去，威胁说要杀了我。我求之不得。他们把我拉到一条积冰的河边，把枪顶在我的头上。我想像我的血在冰面上流动的情形。老实说，这个时候，我是有点恐惧的，我的腿有点发软，我灵魂出窍，有一种窒息的感觉。我想，我应该喊几句革命口号，就像狼牙山五壮士一样。喊口号也许可以消除恐惧。可就在这个时候，美国人托马斯出现了。

托马斯是急匆匆跑着过来的。他穿着美国野战服，手上端了一支冲锋枪。他一路大喊大叫，对那些南韩人指手画脚。后来，他用胸膛挡住南韩人的枪。他伸出手指在摇动。我不知道这个美国人在说什么，但我意识到这个美国人把我从南韩人的枪口下救了下来。当时，我的胸口充满了喜悦，这喜悦非常饱满地在身体里膨胀。但喜悦迅即消失，沮丧马上占据了我的心头。因为活着对我来说是屈辱的没有尊严的。南韩人不敢违抗美国兵，他们让托马斯把我带走了。我被带到一公里之外的美国兵营。

托马斯是负责管理战俘的，能说汉语。战俘营有十九位战俘，他们看上去很茫然，只有一个叫李自强的家伙，似乎比较乐观。托马斯经常找他，向他交代相关事情，然后再由他传达给我们。我很小看这个家伙，认为他相当于是一个汉奸。反正就像电影里描述的，帮鬼子干活的没一个好东西，不管这鬼子是小日本还是美国佬。战俘营里其他人却非常尊重李自强，也愿意听李自强的指挥。一个难友见我不说话，劝慰我，李自强刚开始同我一样，黑着脸不说话，关了一段日子，他也就适应了。那难友还说，原本，他们的伙食不好，但通过李自强的交涉，现在伙食好多了。难友劝我想开点，战争总是有输有赢的。我冷冷地看了那难友一眼。

我还是不说话。很少吃东西。我想死去。到了晚上，死亡的诱惑更加强烈，就好像这黑色的夜晚就是死亡本身。我幻想一觉醒来我已不存在，像空气一样消失了。有时候，我的眼前会出现死亡的景象，令人奇怪的是，脑子里出现的死亡图景并不阴森，而是有着天堂般灿烂的光芒。这样的夜晚我会想另一个问题：如果我死了，真的什么都不存在了吗？会有灵魂吗？我又会在哪里呢？这是个令我困惑的问题。

经常有飞机从兵营飞过，还能听到远处的隆隆炮声。战争就在不远处展开，但对我来说，战争像是发生在另一个世界，已与我无关了。难友们也都没有睡着，他们竖着耳朵，倾听着外面的一切。我听到睡在李自强身边的难友在悄声说话：

“你说这战争什么时候完？我们会赢吗？”

李自强没吭声。

“如果我们赢了，我们算什么？功臣吗？”

“睡吧睡吧。”李自强恶声恶气地说。

“也许他们会在战争结束前把我们杀掉。”那难友一脸忧虑。

又一拨飞机从头顶掠过，但兵营里没有人动一下，就好像那些飞机并不存在。我感到恐惧在难友们中间弥漫开来。其实每个人的心头都存在这些疑虑和担忧。这疑虑和担忧令我感到绝望，有一种生不如死的极度的挫败感。

第二天，我是被一阵尖叫声惊醒的。我看到远处的地上流着一摊血，蜿蜒曲折，散发着幽暗的神秘的光芒。那血就是从昨晚说话的那位难友的手腕上流出来的。那难友的右手紧紧攒着一张玻璃片，他的左手无力地伸展着，手腕上的那被玻璃切割成疤痕的地方已肿得像一只隆起的馒头。他的脸白中带青。难友们无声地立在一旁，没人吭声。光线从窗外照进来，安静，和平，亘古不变，就像死亡一样永恒。

一会儿，托马斯来了。他的眼中有一丝悲伤。他和李自强叽里呱啦说了几句。

“把他埋了吧。”李自强说。

李自强脸上看不出什么表情。他的脸颊偶尔会抖动一下。难友们开始干活。他们在兵营外的山谷里挖了一个坑，然后把难友埋了。一会儿，亡者就这样在这个世界上消失了。这就是死亡。如此安静，不着痕迹。我抬头望天，这片土地上的天空高邈深远。我的心像突然被消融了一样，就像死亡突然降临到了我的身上。

几天以后的早晨，李自强拿了一大堆罐头，对难友们说：

“快吃早餐，吃完后，今天去修路。”

李自强带来的是牛肉罐头。我很少吃东西，基本上处在半绝食状态。我很久没吃到肉了。今天，当罐头打开来时，空气中飘荡的肉香令我浑身颤抖。我于是吃了起来。我的肚子渐渐瓷实起来。本来，因为我的身体，李自强没安排我去修路。但我突然想去了。

路过那个山谷，我想起难友那张惨白的死亡的脸。难友死得很难看，但死亡依旧给我诱惑。自从难友出事以来，托马斯采取了严厉的措施，我们不能随便带任何器具进入俘虏营。我们的劳动工具有专门的安放间。这意味着我连死亡的机会都失去了。

石子铺就的公路已被炸得不成样子。美国兵不会走路，他们向北挺进一定得坐在汽车里，否则他们一步也前进不了。这路每天都有苏军的飞机来轰炸，但炸完后，美国人就安排战俘去修筑。想起从这条路上北进的美国人在和我军作战，我为修路这样的行为感到可耻。

托马斯对我愿意参加筑路感到意外。他问我身体是不是吃得消。我恶狠狠地看了他一眼，没理睬他。托马斯的目光一直跟随着我。

东北亚的冬天出奇的冷，路边的河面上积了厚厚的冰。在阳光下，冰面闪烁着华美之光。填埋道路的石块要去河对面的山谷搬。石块放到冰面上，然后，难友就可以推着石块从冰面上滑过来。托马斯要我们控制好滑动的速度，以免撞伤别人。我的目光一直盯着冰层。我用脚踹了踹冰面，冰层像大地一样坚实。我想像冰下的水，想像水中的鱼。我多么愿意自己是一条鱼。一条自由自在的鱼。我将从这里出发，游入大海，然后游回自己的祖国。

这个想像让我浑身发抖。我捧起石块撞击冰面。大地有自己的软肋，冰面也有它的穴位。我只听得“豁”地一声，冰被砸开一个口子，接着我看到一股热气从水面上涌出。热气散去，水非常清澈。我感到自己突然变得无比柔软，我就像所罗门瓶子里的怪物，化成了一缕烟，钻入冰层之下。

死亡也是一件困难的事。托马斯又一次救了我。这一天，他一直古怪地看着我，就好像我会突然杀了他。他是见我钻入冰层而奔跑过来的。他没脱衣服就跳进冰窟窿里。当时，我的难友们都还不明白发生了什么，他们站在冰层上，呆呆地看着这边。

我在向水下沉。托马斯粗大的手臂像一条鲨鱼那样追了上来。他的手抓住了我。我没有反抗，我不知道为什么自己不反抗，我蜷缩着。托马斯带着我缓缓上升。那一刻，我像一个婴儿一样软弱，泪流满面。当我快出水面时，光线强烈得令人晕眩。我感到自己好像刚刚结束一次越野拉练，没有一点点力气。我像一条死鱼一样闭着眼睛躺在冰面上。难友们冷漠地围着我，一声不吭。

托马斯叫人把我抬到他的房间。天太冷，我的湿衣很快就结了冰。托马斯的房间里烧着炭火，托马斯把我的衣服剥去，替我换上了一件宽大的睡袍。然后让我躲在他的床上。

我茫然地睁着双眼，身体在慢慢变得暖和，但我的心头却在打颤。我知道我的眼中此刻带着惶惑和不安。我清楚地意识到自己对生的留恋。当我意识到自己也是个贪生怕死的人之后，我对自己充满厌恶。

“你为什么要死？你这么年轻。”托马斯说。

托马斯显得有些激动，他从床下拖出箱子。他拿出一叠照片，递给我。我不知道是什么东西，一看原来是韩国女人的裸照。我的头轰地一声，就像一颗炸弹在脑子里炸响，我于是什么也看不清，只看到血肉模糊的一堆。很久以后，我再次回忆那些图片，我才依稀记得那些光溜的大腿和胸脯，但它们是分离的，就好像我的神经系统分裂了，无法把它们合在一起。

“你为什么要死呢？你瞧瞧这些美人儿，生活是如此美好。”

我闭着眼睛，想，这个美国佬真他娘的是个下流坯。不知道他是从哪里弄来这些照片的，这个人一定糟蹋过不少朝鲜姑娘。我参战前，听老兵们说过，美国人的口袋里往往放着一些裸体女人照，要么是爱人的，要么是明星的。总之，美国人都很流氓。

托马斯见我闭着眼，愤怒地把照片摔到我的头上。我用手把这些照片挡了回去。托马斯像是很心疼他的照片，弯下高大的身躯，捡拾散落在地的照片。

我有气无力地说：

“你太下流了，你太太要是知道你这样，肯定饶不了你。”

托马斯露出天真的笑容，那双眼睛有着孩子般的纯真，他说：

“她只会更加爱我。”

托马斯的坦然，超出我的经验。我想，我如果藏着这样肮脏的东西，我一定不敢拿出来给人看，如果被人发现了，我一定会觉得无脸见人，羞愧难当的。但这个美国鬼子神定自若。他的态度刺痛了我，令我郁闷和愤怒。我不想再看见这个流氓。我从床上爬起来，披上自己的湿衣服，冲出了托马斯的房间。

“你这是干什么？你们那间屋子是多么冷啊。”托马斯在我身后说。

那些裸照一直停留在我的脑子里。我怎么驱赶都无法让它们在意识里消失。当天晚上，我没睡着，脑子里都是这些乱七八糟的东西。我的整个身子像是沸腾了一般，既柔软又紧张。我想，我看来是中了资产阶级的毒了，我感到害怕。可我无力抵御它们。后来我就不抵抗了。我的心突然变得安详起来，我的身子也舒展开来。我像是落在温暖的水中，生命的感觉突然降临，泪水夺眶而出。

我的身体一直非常灼热。我不知道自己后来是睡着了还是失去了意识，有一些幻觉一直缠绕着我，让我有一种回家的感觉。

后来，我才知道那夜我烧得厉害，烧得我失去了知觉。等我醒来的时候，我躺在一间简陋的病房里。醒来的一刹那很奇妙，最初感到自己的身体没有重量，轻如鸿毛，四周光线强烈，后来，光线慢慢暗淡，我的身体也变得越来越沉重。一种无力的沉重。托马斯站在我的身边，他见我醒来，显得很高兴。他告诉我，我得了伤寒症。

“不过，你放心，医生已经给你注射了绿霉素。”托马斯说。

治疗伤寒是个漫长的过程。但我的体质好，恢复非常迅速。美国人不是人人都像托马斯那样好心肠。这是一个专门收治俘虏的治疗所，有时候一整天美国人都不来看我一下。托马斯倒每天来看我一次。他一来就摸我的额头，就好像他是个医生似的。

“我懂医。”托马斯说，“我父亲是个教会医生。”

我知道美国人相信上帝，他们的部队中也有教士。在一次行动中，我们还抓到过一个美国传教士。他胆子特别小，见到我们就把手举得老高，恨不得举到上帝那儿。头几乎埋到了土里。他说，他只是个教士，他反对战争。

也许是因为生病，我显得很软弱。我对托马斯也不再像以前那么讨厌了，有时候，也会同他聊聊家常。我问：

“你信上帝吗？”

托马斯摇摇头，他天真的眼里浮现一丝困惑。他说：

“不知道。”

“你呢？”他反问。

“不信。”

“我开始信的。我小的时候每个星期都要去教堂。我是我们那个教区的童子军成员，每周都去做义工。”托马斯说到这儿，停了一下，说，“后来，我就有点疑惑，我不怎么去教堂了。我父亲为此非常伤心。”

“你太太是干什么的?”我问。

托马斯见我问这个问题，一脸快活。他说：

“我太太很了不起，她是一位教授，是专门研究性的。”

听到托马斯说他的太太是研究性的，我的头大了。怪不得托马斯这么下流。我想，托马斯接下来肯定要说下流话了。我赶紧转移话题：

“我什么时候回难友们那里?”

“待在这里不好吗?”

托马斯不知道我内心的隐秘。我怕难友们怀疑我。我回去时，他们一定会用奇怪的眼神看我。这种眼神会让我感到不舒服，令我感到我的清名在他们的眼神中已不复存在。

在病房待了四天，我就回到难友们中间。我恢复得还可以，只是身体还有点虚弱。难友们去筑路的时候，我可以在规定的范围内活动。李自强很关心我。他经常从托马斯那里给我弄来一些可口的罐头。但我还是对他很不满。我听一个难友说，美国人曾专门培训过李自强，让他来管理我们。难友们中，只有李自强拥有一把刀子和一根棍子。当然他从来没用棍子打过一个难友。有人说，他可能已是美国人的奸细。这个我不太相信，我不相信他会出卖我们。经过这段日子的观察，我发现战俘营其实还是有很大的空间的，美国人根本不知道难友们在想什么，他们又听不懂中国话。托马斯这个白痴倒是听得懂一些，但他把他管着的战俘当成一群听话的绵羊。想起托马斯，我又想起那些裸照。

我想再看一看那些裸照。我上次没看清楚，头脑中模糊一堆。随着身体的恢复，那些图片又开始骚扰我了。那种模糊的印象令我有再看一次的渴望。我得看清楚究竟是怎么一回事。

中途，托马斯回来了一趟。见到他，我的这种渴望变得更为强烈。我下了好大的决心和托马斯打招呼。

托马斯见我鬼鬼祟祟的样子，警惕地问我什么事。我说没什么事。托马斯不相信，他说你一定有事。我早已憋红了脸，支吾道：

“我想看看那些图片。”

托马斯一脸天真坏笑，他在我胸脯上狠狠打了一拳。他快活地去取箱子里的照片，一脸的满意，就好像他干了一件了不起的大事，引诱我提出这个无耻的要求是他这段日子以来所取得的最大成就。

现在我看清楚了。我还没碰过女人。在入伍前，我喜欢过一个姑娘，她是一位护士，比我年纪大，我偷偷跟踪过她，但她一直不知道有人暗中喜欢她。除此之外，我没有任何经验。我努力控制自己的情绪，但我还是看得浑身发颤。托马斯在一旁得意地笑。我的脸羞得发烧，很有点无地自容的感觉。

我回去的时候，托马斯要送我一张。但我拒绝接受。我一脸不以为然，我说：

“你以为我喜欢这种东西？我会干这种丑事？”

托马斯一脸的疑惑，就好像我是从地上突然钻出来的怪物。

我感到自己确实像怪物。因为我回到自己的屋里我就后悔了。我应该带一张来。那些图片有强烈的魔力，它们占据我的脑子。这回当然更清晰了。这清晰令我有不真实之感。我想看图，以验证自己的记忆。但我不会再向托马斯提这个要求了。那样的话，我真的成了资产阶级下流坯。

我确实下流。我竟然这么下流。我整日想着那事。我的身体充满欲念。我看到附近兵营里那几个美国妞，眼睛都会发直。这时候，我就在心里批判自己。我经常闭着眼坐在那里，口中念念有词，像一个打坐的和尚。难友们不知道我怎么了，不过他们对我的行为不感兴趣。我闭着眼睛，驱赶那些图像，口中骂的是我自己。我一遍一遍说：

“你这个下流的东西。你这个下流的东西。你这个下流的东西……”

有一天，托马斯碰到我，向我意味深长地眨眨眼，说：

“现在我放心了，我知道你不会自杀了。”

我和托马斯说话的时候，李自强总是微笑着看我们。我不喜欢这个人的笑。我虽然不认为他已变节，但我不喜欢这个人。他在托马斯面前点头哈腰的样子令我觉得丢脸。

托马斯说得对，我现在确实已经不想死了。我不想死了后，想起他救过我两次命，我就对他有些感激。他给了我两次生命啊。况且我得伤寒的时候，他这么关心我。

托马斯好像很喜欢我。干活的时候，他喜欢和我说说话。

有一天，筑路休息期间，托马斯来到我身边。这时，刚好有一群美国女兵走过。托马斯咽了一口口水，问：

“你还没同女人睡过吧？”

我的脸红了。

“你如果睡过女人，你就不会想到死了。”托马斯说。

那群女兵慢慢走远了，就像一群天鹅消失在天空中。托马斯显然感到遗憾。他突然回过头来，问我：

“他们说你打仗非常勇敢？”

我不知道他为什么问这个问题。我没回答。

“我可不想杀人。”他耸耸肩，一脸自嘲，“所以，我管俘虏。”

我不置可否。

他好像对我满怀好奇。他认真地问：

“你杀过多少人？”

我杀过多少人自己都记不清楚了。我白了他一眼。

他吹起口哨，说：

“同我说说没关系，我又不会报复你，你已经是美军的俘虏，我们美军优待俘虏。”

美国兵都爱吹口哨。他们喜欢把自己搞得像个小流氓。他们以为这就是个性。我在心里冷笑。我问：

“你中国话说得很好，哪里学的？”

“我从小学中文，我父亲本来想让我去你们国家传教的。后来，我自己都困惑。再说，你们国家成了共产国家，也没了机会。”

我“噢”了一声。我想，美国人就是想麻醉中国人民的精神。

我心里对托马斯有了一些亲近感。我总是不自觉地观察托马斯。有一天，托马斯带那群美国女兵到他的房间。托马斯高兴得像一只得到主人食物的狗，全身的毛发都变得服帖，好像随时准备着主人的抚摸。我不知道托马斯是不是在给她们看他收藏的南韩女人的裸体照。他下流得如此光明正大，这一点令我羡慕。我做不到。我的下流是真下流。我只能批判自己。

凭良心说，托马斯待俘虏不错。因为修路消耗的体能很大，他经常向上面要求一些可口的食品给我们吃。大家也都很配合他，尽量把活干好。

对托马斯的好感令我不安。我知道我不该如此。我从来没想过会对一个美国鬼子、一个敌人有亲近感。我在托马斯面前从来没有笑脸，眼中依旧是那种对待阶级敌人的你死我活的凶狠。我不想让托马斯知道我感激他。不能让这个美国鬼子得意了。我们之间界线分明。

有一天，在筑路的时候，李自强来到我身边。他态度十分严肃。他假装干活，对我说：

“我观察你一段日子了。我已相信你。我有事同你商量。”

我不知道他在说什么。我看着他。我一直对李自强有点反感，这个人认为自己是俘虏们的头，当仁不让地配合托马斯管着我们，他干活时的积极劲儿令我看轻他，我觉得他好像想在俘虏营里待一辈子似的。他要同我商量事情，我感到很奇怪，我平时都不理睬他。

“我这样做是冒风险的，关系到这十九条生命。但我已信赖你。”他说。

我不知道他要说什么。没反应。他显然也在观察我。他想了想，又说：

“听说你是一个侦察兵？”

我是一个侦察兵。但我从来没说过自己的身份及部队的番号，我不知道他是从哪里打听来的。我很奇怪。

“我准备带同志们逃走。我需要你配合。”他说这话时，双眼变得十分锐利。

听到他的话，我的眼睛一亮。我多么希望自己能逃走，不做俘虏。如果到战争结束，我还关押在这里，那意味着俘虏这个名号会跟我一辈子。以后人们就会叫我俘虏。我的屈辱将是一辈子的事。他捕获了我眼中的光亮。满意地点点头。但一会儿，我眼中的光亮就暗淡了下来。我有点不相信他。我觉得根本是逃不走的。我们不知道自己的部队在什么地方，而这一带早已是美国人的地盘。但他看上去像是认真的。他见我没表示，不以为然地笑了笑。他说：

“跟我来一下。”

我跟他来到河边，和李自强站成一排，假装撒尿。李自强同我说出了他的计划。他说，他一直在找机会逃走。这事他没同难友们商量过。他认为机会不是没有。虽然我们筑路的四周都是岗哨，但美国人似乎已对我们放松了警惕。当然不能一下子全跑掉，得一个一个消失。李自强说，因为托马斯整天端着冲锋枪跟着我们，他是个最大的障碍。我们想要逃走的话，必须先把他杀了。

听了他的话，我有点吃惊，我看了他一眼。

他的眼光像刀子那样切割过来，我从未见过他的如此凶狠的眼光。他说：

“怎么？不对吗？”

“我们往哪逃？这里到处都是美国人和南韩人。”

“往北，就能找到我们的部队。”

“天这么冷，我们能活着找到部队吗？”

李自强的脸突然涨红了，他发火了：

“我难道就没想过会饿死、冻死？没想过会找不到部队？但这总比在这里当俘虏好。就是死也得闯一闯。”

我从来没见过李自强发过火。他的态度一向很和蔼的，像美国人的一条走狗。看来我看错了他。他的发火让我重新评估了他。我开始信任他。我说：

“好吧，我们干。”

这时，托马斯端着枪朝我们这里走来。他好像嗅到了一些异样的气味。李自强马上露出特有的媚笑，和托马斯打招呼。我则黑着脸走了。

李自强对托马斯说：

“这个傻瓜，现在还想着死。”

托马斯不信，他摇头说：

“不，不，不，不，不。他不会再去死了。他还没活够呢。”

李自强开始在难友们中间传播他的出逃计划。某种隐秘的希望在俘虏营里浮动，这使得空气中有了一种令人振奋的东西。每个人的脸看上去都有一种故作的平静。天地之间好像突然变得安静了，干活的时候，喧哗声少了，远处的枪炮声会变得特别刺耳。这份寂静令人不安。托马斯对现场气氛好像有所警觉，他开始认真地端着枪，观察我们的一举一动。李自强还像往常一样同托马斯开一些玩笑。

回到俘虏营，大家都不说话，各自安静地干自己的事，就好像大家都成了哑巴，就好像发出一点声音后，秘密就会被泄漏。这寂静令人沉重，令人喘不过气来。

我躺在床上。天已经完全黑了。俘虏营外面，美国人的探照灯在不停地扫射。当探照灯扫过群山时，群山被战火烤焦的黑色令人惊骇。自从李自强告诉我准备出逃的计划后，我的心已活动开了，我经常想起我的故乡，想起那个护士。如果我能活着回去，我一定要去找她，把她的衣服全剥去，要让她像那些裸照上的南韩女人一样，呈现在我的面前。这时，托马斯那些照片又在我的眼前晃动起来。

我听到身边有声音。原来李自强躺在了我的身边。我迅速把脑子里的图片驱赶掉。我的呼吸有点急促。"我得到消息，我们过几天就要转移到釜山战俘集中营。这样的话，我们就没有机会了。"李自强说到这儿，停了一下，然后坚定地说，"不能再拖了，我们明天早上实施计划。"说完，他塞给我一把刀子，"明天，到了筑路工地，你想办法把托马斯杀了。其它事你不用管，我都安排好了。"李自强丢下刀子，就悄然移开了。

我都还来不及反应过来，他说的究竟是什么意思。

我失眠了。我整个晚上握着那把锋利的刀子。我当然已经明白我在这次行动中扮演的角色。夜很黑。朝鲜的夜晚比我想像的要黑。我有点惊恐。因为，此刻我只要一想起托马斯，脑子里浮现的就是他微笑的天真模样。我无法想像托马斯的死亡，想起精力充沛的高大的托马斯将在我的刀子下结束生命，我感到不安。我很困惑。我是个杀过无数敌人的人，我不该这样啊。后来我想明白了，在战场中，我杀的那些人我并不认识，他们对我来说是抽象的，只是敌人。但托马斯就不同了，我已认识他。他同我想像中的敌人是如此不同，这个人虽然下流，但天性和善，思维简单，像一个没长大的孩子。可我明天就要杀了他。我觉得自己难以下手。

我对自己的怯懦感到困惑。我怎么会变成这个样子？怎么会变得毫无信念呢？怎么会变得是非不分、敌我不分呢？我真是辜负组织多年来的培养和教育。面对这样一个任务，我的内心竟然充满了矛盾。我不能这样，也不该这样啊。我开始从另外一个角度去看待托马斯。他确实是一个流氓，是敌人。他来到朝鲜，不知糟蹋过多少朝鲜姑娘。我们出征前，看过一些新闻资料片。那资料片有一集专门讲美国大兵强奸朝鲜姑娘的事。那片子说，美国大兵在全世界各地到处驻军，驻军到哪里，强奸到哪里。驻在国的妇女经常受到美国大兵的骚扰。美国兵是多么不义。想起那些资料片中的场景，我心中的怒火就被激发了。托马斯在我眼里开始变得可恶起来。我开始把他想像成一个十恶不赦的混蛋。

我走向托马斯。托马斯有一张阳光般的脸，他对我意味深长地笑着。他的笑充满了和平的气息。在我的感觉里，托马斯不像是军人，更像一个和平使者。我跟着他。我们俩有着十分暧昧的表情，就好像前面等着我们的是一张张令人血脉贲张的裸照。刀子就在我的棉衣里面。我的右手伸进棉衣，已紧握住它。我一直盯着他的心脏。我将把刀子插入托马斯的心脏。

可就在我举起刀子，向托马斯的胸膛刺去时，我听到一阵骚动。战俘营的大门突然打开了，早晨的光线从门框里射入进来。和光线进入的是五个美国兵，他们来到李自强面前，用枪对着李自强，叫他起来。一会儿，他们把李自强带走了。李自强被带走前，用锐利的怀疑的目光看了我一眼。我不知发生了什么。

我想，我没刺死托马斯，我刚才是在梦中。我长长地松了一口气。

李自强的突然被抓，在难友们中间引起了不安。有人怀疑出现了叛徒。我发现早晨以来，很多人用怀疑的眼神打量我。这让我感到屈辱。不过，我确实为自己感到害羞。我竟然因为那仅仅是一个梦而如释重负。我对自己非常不满。我像一个罪人一样低着头，好像李自强被抓真是我告密的。这天，美国人没安排我们去筑路。也许他们正在审问李自强。战俘营里，难友们都没说话，刚刚燃起的希望瞬间就破灭了，这令他们感到气馁。他们一个个都无精打采的。

我感到自己正身处危险之中。我不断在心里盘算这次行动失败的后果。也许我会受牵连，他们会因此把我杀了。要是以前，我不会害怕，但现在我不想就此死去。我还要去故乡见我的小护士。我不知道谁是告密者，虽然战俘营只有十九名难友，但人心难测，谁是奸细你很难判断。我甚至想到奸细有可能是李自强本人。是李自强给我设置了陷阱。这样一想，我倒抽一口冷气。

难友们对我充满了敌意。很多人开始相信我就是叛徒了。我感到很难在这里待下去了。我要么被美国人杀死，要么被难友杀死。我有这个预感。整整一天，我的右手都握着棉袄里的刀子。我双眼警觉，观察着周围的一举一动。大家在静静等待正在降临的风暴。

傍晚，送饭的南韩人把门打开时，我吓了一跳。南韩人的后面跟着两个端着枪的美国兵。两个美国兵的出现使气氛骤然紧张。往日只是南韩人送饭的。美国兵显得比平日要警觉。我以为他们要把我带走了。没有，他们仅仅是来送饭的。当时天已黑了，我看到兵营里的探照灯开始来回搜索着。我看到门外的黑暗。我看到了把守战俘营的哨所。哨所外更黑暗，但我知道哨所外的黑暗叫做自由。那黑暗在诱惑我。我的心狂跳起来。我甚至没想自己的心为什么狂跳，我已站了起来。我迅速靠近那个美国士兵，那两个美国兵警觉地看着我。他们开始本能地做准备。但还没等他们准备好，我的匕首已插入了他俩的心脏。我在侦察学校时学过如何快速出手，在敌人没反应时解决。那个南韩人见此情景，他把饭锅放在地上，无声地哭了。我怕他喊出声来，我的匕首又刺入他的胸膛。

大家都惊呆了。他们没想到我会这么干。我自己也没想到。此刻他们的眼里有一种不知所措的神情。他们不知道自己接下来该干什么。想起他们以前投向我的怀疑的眼神，我感到委屈，我的眼睛突然湿润了。我说：

“我去把那个哨兵干掉，然后你们就跑吧，要是把我们送进釜山集中营，我们就再也回不到祖国了。”

我拿着匕首，向出逃必经的哨所潜伏过去。兵营的探照灯让我无处藏身。我匍匐在地上，向哨所靠近。我离那哨所越来越近了。我已经看见哨所值勤的美国大兵。这时，哨所的灯突然亮了，美国兵从里面走了出来。他一脸疑惑。他显然已经嗅到了一些不同寻常的气味。我躲藏起来。

那美国鬼子终于来到我面前，我从后面抱住他，迅速地扭断了他的脖子。然后夺走了他的枪。

我向身后的难友挥了挥手……

我是最后一个离开俘虏营的。不知怎么的，我突然有点想念托马斯。这个人救了我两次命啊。看来，我真的被资产阶级糖衣炮弹击中啦。

我来到托马斯的营房前。他的营房外布满了岗哨。但我还是想去看他一眼。我是从一个铁丝网的口子进去的。这要冒很大的风险。我当过侦察兵，这点困难我对付得了。就这样，我来到托马斯的窗口。房间里很黑，我什么也看不见。我想托马斯睡着了。我当然不能和他告别。我从地上拿起一块石头，在他的墙上写了几个字：

"再见了，托马斯。"

写完这几个字，我就跑了。我跑了一段路，听到美国兵的军营响起了警报声。我想，他们终于发现俘虏们跑了。我不知道托马斯该如何应对这个局面。

我越过河流，来到山林里。老实说，我不知道往哪里逃。我不知道我们的部队在哪里。我只是往北走，我知道我的家就在北方。想起自己不再是俘虏，我感到无比宽慰，俘虏这个词对我来说是多么沉重的耻辱啊。

我有点困了。我想，还是休息一下吧，我坐下来，把枪抱在怀里。我很快睡着了。在睡梦中，我还见到了那个小护士。梦里那个小护士没穿任何衣服。

我是被人弄醒的。醒来的时候，我很不耐烦。怎么可以搅了人家的好梦呢。但当我看到眼前的情景时，我惊呆了。托马斯正举枪对着我。我几乎是本能地迅速拿起怀里的枪，对准他。托马斯说：

"把枪放下，否则我会杀了你。"

我看到托马斯那双天真的眼中有少见的凶狠。一种准备杀人的凶狠。

我的心突然软了一下。他同我说过的，他之所以管俘虏是因为他不想杀人。他说杀了人他会受不了，会疯掉的。

托马斯很敏感，他一定看到了我眼中的柔软。他放松下来。他放下枪，对我说：

"请你把枪放下。跟我回去。不会有任何事。"

可就在这时，我扣动了扳机，把托马斯毙了。我不知道为什么会突然扣动扳机。托马斯一脸惊愕地倒在我面前，他天真的双眼中充满了疑问。他带着满腔的疑问见他的上帝去了。

当我知道自己杀了托马斯后，令人奇怪的是我并没有不安，相反，我很快找到了自己，找到了自己的角色和身份。我是一名志愿军，是中国人民解放军——志愿军。一种前所未有的英雄气概和自豪感迅速在我的胸中扩展。我抬头望天。我得赶快离开这里，听到枪声，他们会追赶过来的。我无比鄙视地看了一眼托马斯，然后又狠狠地踢了他一脚，转身走了。我边走边骂：

"你这个美帝国主义走狗，资产阶级下流坯，我代表人民处决你。"

下部　忠诚

不被信任的感觉可不好受。他们开始要我回去，他们说，这是规定，像我这号人都得回国。我不愿意。我不能这样回去。他们已认定我做过俘虏，但我决不承认。我当然也不能以一个俘虏的身份回国，我不能承受这样的屈辱。我宁愿战死在战场，也不愿回去。

他们有点不耐烦。他们把我关了起来。他们不让我穿上志愿军军服。我不怨组织，这不是针对我个人的，这是我军的传统，你必须把一切向组织说清楚才能归队。是的，我失踪了整整三个月，我得把这三个月的所有一切讲清楚。

我了解我们的组织。组织是不会轻易相信任何交代的，组织更看重你的实际行动。我相信我对组织是忠诚的。但我能完全诚实地面对组织吗？我发现不能。我不会说南韩人要杀我时是那个美国人托马斯救了我，我也不会说我企图跳河自杀时还是那个美国人救了我，我更不会说托马斯在俘虏营里照顾我，并且给我看女人的裸照。这些都不能提。也不能提我偶尔浮现的对托马斯的感激。我甚至连在俘虏营里策反出逃并杀了托马斯这样称得上英雄行为的事都不能说，总之，我不能说出自己做了俘虏。我就说，这三个月，我历尽艰难，在寻找部队。

“有什么可以证明你所说的吗？”看管我的士兵一脸讥讽。我说话时，他经常挂着不以为然的笑容。

过了些日子，我就同管我的这小子有点熟了。他叫鲁小基，是个机灵的家伙。这样的人在部队是很能讨首长欢喜的。会察言观色吧。他虽然会给首长倒水倒茶，会拍首长的马屁，但也算不上讨人厌。

“听说你是侦察兵？”鲁小基问。

我听了后，眼睛放光。这说明组织在调查我。如果他们能了解我在原来部队的作为，组织也许会相信我。可是这小子接着说：

“听说你原来的部队全军覆灭了。美国人他娘的这阵子真是残忍，他们见一个杀一个，他们已不相信志愿军战士会投降。”

我猜度他话里的意思。也许他又在暗讽我成了美国人的俘虏。他说话很标准，字正腔圆，像个播音员。我不知道他是哪里人。

“你是北京人吗？”我问。

“不是。”他含糊地答道。

“那你是哪里人?”

“我? 我们是同乡。”他有点不耐烦。

“可你一点口音也没有。不像我,说话大舌头。”

“你这个人怎么这么烦。我一听你的话就知道是我老乡。”他很快地讲了几句家乡话。

没错,他的家乡话讲得很地道。我现在确信这个家伙是我老乡了。我很久没听过乡音。乡音令我有一种流泪的感觉。这段日子我很脆弱。我对这个人有了亲近感。虽然这家伙在我面前挺骄傲的,有一副小人得志的嘴脸。

“兄弟,你家里都有些什么人?”我继续同他套近乎。

“你在向我探听情报吧?”他板着脸说。

“我知道组织在怀疑我,为什么别人都死了,只有我死里逃生。”我说。我猜想,组织也许在怀疑我替美国人做间谍。不过组织总有一天会了解我的忠诚。我愿意为国家捐躯。

“那倒是没有。”他停了一下,转换了话题,“你呢? 家里有些什么人?”

“我父母很早就死了,我已记不起他们来了。我是奶奶养大的,她已七十多岁了。”其实我父母没死。我父亲是个乡村教师,为人耿直,经常有些不合时宜的言论。我母亲是个家庭妇女,没什么主见,家里的事我父亲说了算。

鲁小基低下头,像是在沉思着什么。我看到他的眼中有那么一丝同情。我想这个人其实并不坏,心肠挺好的。我得利用他这一点。我说:

“我父亲是被日本人杀死的。日本人进入我们村,杀了很多人，我父母被杀死了。”我想了想，又说，“我父亲死的时候，眼珠子都被挖了出来。”

鲁小基的眼圈就红了。他说：

“你奶奶谁在照顾?”

“她身体挺好的，硬朗着呢。”

“兄弟，你还是回去吧。”鲁小基说，“我们是老乡，我才劝劝你，你还是回去吧，照顾你奶奶去。”

“兄弟，我不能回去。我这样不清不白回去，脸都丢尽了，这样的话，我还不如死。”

我知道这样回去不会有好果子吃。我们村子里有一个人曾被日本人抓去筑路。他是个有学问的人，据说是位工程师。但日本人走后，他受尽了歧视。他还算不上汉奸呢。后来，有一天，他在自己的破屋里上吊自杀了。

我见过这个人吊在梁上的情形。这几天，我晚上经常梦见他。他四肢僵硬地睡在黑暗中。在梦中，他的头顶上有异样的光亮，显得狰狞恐怖。这光亮没有任何来历。后来，我发现那张伸着长长舌头的脸变成了我自己。我像是被什么东西勒住了一样，呼吸困难，我觉得自己就要窒息而死了。这时，我猛地醒了过来，我出了一身冷汗。在黑暗中，我喘着粗气，心儿狂跳不止，眼中有深深的恐惧。我感到自己软弱无比，从来没有过的软弱，我泪流满面，我强忍着，不发出任何声音。

也许是看在老乡的分上，鲁小基似乎对我客气起来。我想，他还算是个不错的人吧。

我不想留在这里。每天向组织汇报思想，会把人搞疯，我哪有那么多思想？我又不是思想家。我想上战场。我已向组织打了无数次报告，甚至写了血书。但上面一点反应也没有。

鲁小基偶尔也透露一些信息给我。有一天，他告诉我，他听说了我在当侦察兵的时候很勇敢，上面对我也挺欣赏。听了这样的话，我突然泪流满面，身体里面涌出一种无比巨大的幸福感。我以前很少流泪，男儿有泪不轻弹嘛，但这段日子，泪腺好像特别发达，经常一触即发。过去我要是伤心或委屈，我只是一个人偷偷地流，而现在我居然在鲁小基面前流泪。事后想想，我也够没出息的。

我平息后，不好意思地对鲁小基笑了笑。

“我明白你的委屈。”这段日子，鲁小基对我特别客气。

我去洗脸。屋子里很暗，天窗投下一束光线，投射在洗脸盆上，我看到了自己的脸。我的脸十分苍老，胡子杂乱堆在脸上。我看到我脸上委琐的表情。我几乎不认识自己了。我曾经是多么英武。很多人都这么说，说我穿上军装真是英气逼人。我不能再这样下去。

我回到鲁小基那儿，鲁小基的面容十分凝重。我想他心里面有事。

“兄弟，你好像有心事呢?”我试探地问。

“没有。”他本能地说。

“兄弟还是信不过我？还认为我是美国人派来的间谍?”

“那倒不是。我相信你。”

“是不是战事有点吃紧?”

我这么猜是有道理的。在没过鸭绿江前，我以为美帝国主义是他奶奶的纸老虎，而我军将会战无不胜，可现实是残酷的，不是美国人比我们勇敢，而是美国人装备好。

鲁小基想了想，说：

“不瞒你说，我们这支部队已被美国人拦腰斩断了。我们被美国人包围了。”

我倒吸了一口冷气。如果是这样的话，那我就可能再次成为美国人的俘虏。但这次决不能再这样了，这次我一定会先杀了自己的。我问：

“是整支部队吗？”

“据说有十万人。”

我还是吃惊不小。十万人呢。而上次，我们只是一个连被美国人包围。

“不过，美国人也不一定能把我们灭了。”鲁小基自言自语道。不知道他在安慰我还是在安慰他自己。

我看到天色暗下来。北朝鲜的傍晚来得特别早，过了五点，夜幕就开始降临了。山上的冰雪呈现暗蓝色的光芒，虽是战火连天的年代，但还是有一种人烟稀少的寒冷而孤单的感觉。我突然想起家乡。在国内，这会儿人们在干什么呢？我的眼前出现热气腾腾的小吃和锣鼓喧天的喜悦。这时候，我真的想回去。但想到回去后，我的人生将会黯然失色，我就打消了这个念头。

“如果有什么突围分队，我愿意冲在最前面。请你向组织转告。”

也许是鲁小基不忍看我那种祈求目光，他没看我一眼，他若有所思地看了看天边，点了点头，走了。

我可以从关押的屋子里出来，到处走走了。也替炊事班做个帮手。我换上了志愿军军服，只是这军服没有徽标。

战事可能真的很吃紧。士兵和军官都行色匆匆的，他们不正眼瞧我一下。连炊事班的人也不同我说话。我像是一个局外人，仿佛这战争同我没有一点关系。我感到一点儿做人的尊严也没有。但总归比以前好一点儿。

鲁小基已不来看管我了。我不用再写思想汇报后，鲁小基就来得少了。

一天，我正在拆除一袋空降的食品。这是美国人误投到我军阵地的。罐头打开来后，牛肉的香味令人迷醉，我感到不但四周的空间被这香味占领，我的身体的所有部分都被占领。我多么想把这罐牛肉和自己的身体融为一体。我想起在美国俘虏营里吃罐头牛排的情形，竟有一种恍若隔世之感。这时，鲁小基来到我面前，他叫我停下手中的工作，跟他走。

我来到鲁小基那儿。鲁小基给了我一套正式的军装，让我穿上。看到军装，我的眼圈就红了。我一时不敢相信，也不敢动它。在我的潜意识里，我已经排除了我还是一名中国人民解放军——志愿军。鲁小基把军装递给我，我有点不好意思。鲁小基温和地说，穿上吧。我就一脸腼腆地把原来的衣服脱下，然后穿上它。我对自己能穿上军装有点不太适应。我看了一眼鲁小基，我想知道鲁小基的反应。从他人的反应可以想见自己的形象。鲁小基显然对我很欣赏。他说，你是个漂亮的家伙，你以后会迷倒一大批女人。我笑了笑，自信了一点。

我猜不出组织的用意。我想组织也许对我有新的安排，不可能再让我去炊事班帮忙了。我渴望去前线献身，甚至有强烈的战死疆场的欲望。

“通过这段日子的考察，组织认为你是位好同志，让你先去俘虏营看管俘虏。”

我听了鲁小基的话后，感到很失望，那不是我希望的安排，我不希望留在后方。

还是鲁小基带我去战俘营的。这事虽不能令我感到满意，但总比待在炊事班强。总的说来，我算是欣然前往的。

这个战俘营不大，关着九个美国大兵。其中有两个还是黑人。有两位志愿军管理着这个营地。一位姓严，年龄稍长，像是过了三十，脸色漆黑，脸上有些粗糙的颗粒，他的眼神冷漠，经常有不易察觉的刺人的光亮闪过。他应该是这个营地的负责人。另一位姓肖，有着一张娃娃脸，但也是整天板着个面孔。大概是职业需要，对付美国俘虏，你得在脸上摆点儿颜色。我很自然地把他们的表情搬到自己的脸上。

鲁小基先向老严谈了一下我的情况，然后再把我介绍给老严。老严伸出他那双大手，把我握住。根据以往的经验，我以为一个长着这样一双大手的人，手会很温热，但老严的手出奇的冷。

鲁小基走后，老严就带我去看俘虏。一路上，老严沉默不语。

我们一进去，俘虏们就都立正了。那情形像是士兵等待着首长的检阅。老严叫他们稍息。老严发现人数不对，突然问：

"托马斯呢?"

我听到这个名字吓了一跳。托—马—斯。我四处观察，看看有没有我熟识的人。一会儿，我嘲笑自己的慌张，美国人叫托马斯的多了去了，此托马斯非彼托马斯，我是自己吓自己。我认识的托马斯已被我毙了。

是肖战友接了话，他说:

"托马斯去茅坑了。"

老严开始向他们宣示我军优待俘虏的政策。我猜他每回都要说一遍。他这个人平常不说话，但说这一套倒是滔滔不绝的。

这时候，一个人匆匆赶来了，站在俘虏的队伍中。见到他，我的心狂跳起来。是的，就是他，托马斯。我非常困惑，也很吃惊，这个人竟然没有死，他还活着，并且做了我军的俘虏。我的心不禁有些慌乱。托马斯这时也看见了我，他的目光既明亮，又有些害怕，就好像见到一头突然闯入的野兽，搞不清对人类是否友善。托马斯那阴影遍布的目光里像是在试探我，像是想同我打招呼。我板着脸，冷冷地盯着他，我不能因此而胆怯了。我假装不认识他。

老严像是看出了什么名堂，问:"你们认识?"

我赶紧用一种不容置疑的口吻说:"不认识。"

老严一直看着我，眼神里布满怀疑。一会儿，老严把那人叫到我面前，向我介绍:

"他叫托马斯，会说中国话，现在靠他帮忙管理这些美国人。"

我点点头。

老严叫那人回去站好队。然后，又开始训话：

“毛主席早就说过，美帝国主义是纸老虎。你们要老老实实待着，不要搞阴谋诡计。一切侵略者注定都要失败的，因为正义在我们这里……”

从俘虏们那里出来，我的心情非常复杂。一方面，我对没有杀死托马斯有一种如释重负之感。老实说，我一枪毙了托马斯后，再也没有想起过他来。要处理的事情太多了，这事还来不及想。但见到他，那种复杂的心情就涌了上来。毕竟这个人救过我两次命啊，他没死在我手里，当然会给我一些安慰。但另一方面，在目前情况下，托马斯的出现令我非常害怕，我感到托马斯像是一枚埋在我身边的定时炸弹。托马斯又懂汉语，只要他说认识我，我做过俘虏的身份就会暴露，我会被钉在历史的耻辱柱上，永远不得翻身。

我发现，我已经闯入了一个危险密布的地方，随时有可能身败名裂。

我的工作就是随时听从老严的吩咐。老严说，今天让他们掏大粪去，我和肖战友就带着美国俘虏去总部掏大粪。老严说，今天洗军服，我俩就带着他们去河边洗。河水很冷，那些美国人经常冻得哇哇叫。有几个美国人手上已长满了冻疮。我隐约感觉到老严似乎信不过我，不给我同美国人单独接触的机会。肖战友几乎与我形影不离，像是在监视我。

我对俘虏非常残忍，他们一有不对，就会遭到我的殴打。我唯独不打托马斯。我这么做有多重考虑：第一，当然是为了震慑托马斯，好让他封嘴；第二，同我不被信任有关，我急于证明我比谁都仇恨敌人。我无缘无故殴打俘虏的时候，肖战友就会奇怪地看着我，但也没有制止我。

托马斯经常去老严那里，我不知道托马斯和老严说些什么。只要有组织就会有机密，即使这组织只有三个人。也许老严暗地里在调查我，也许是我多心。我注意观察肖战友的反应。肖战友和老严之间应该是有沟通的，如果老严握有对我不利的证据，老严也许会告诉肖战友。

我和肖战友也聊一些家常。但肖战友好像没什么兴趣，我问他哪个省的，他就回答，是湖南的。我问他家里几口人，他说四口。总之，他回答得标准而简约，从不多说一个字。他的反应看上去十分机械，表情木然，如果不是眼神有些光亮，我会认为他是一个白痴。我当然不能问老严和托马斯谈些什么，即使问也问不出什么，因为我猜得出肖战友的标准答案：谈工作。

我很焦虑，我得清除这个潜在的危险。然而我无法单独和托马斯在一起。

托马斯，这个单纯的美国人，即使成了一个俘虏，他的笑容依旧保持着往日的灿烂。他干最苦最累的活儿，穿着破烂的衣服。也许他的口袋里还藏着女人的裸体照，在夜晚，借着月光偷偷地看上几眼，以慰藉他的俘虏生涯。北朝鲜的月亮非常明亮，安静，在山头的云层中穿行。在无云的时候，月亮的华光照耀在这战地上，使周围的一切看起来像是停留在世前的某一刻，显得古老而安谧。在这样的月光下，那些我曾见过的照片上的裸女会呈现怎样的风骚呢？

托马斯能说会道。他和那些美国人用英语说说笑笑时，我会怀疑，他是不是在告诉他们，他认识我。也许他还在用尖刻的语言骂我是一个无耻之徒。他救过我两次，可我恩将仇报，一枪毙了他。托马斯在说话时，那些美国俘虏一直笑嘻嘻地意味深长地看着我。就好像托马斯真的在讲述我与他的故事一样。托马斯是我的噩梦。

我突然气急败坏，冲过去踢了他们几脚，让他们闭嘴。

有一次，我们去总部搬运给养。在路上，托马斯尿急，他在老严点头后，由我押着去撒尿。他站在一悬崖边上，掏出他的家伙，愉快地撒起来。这时，我涌出了一个念头：我只要在后面推上一把，这个人就会坠入万丈深渊，这等于拆除了埋在我身边的定时炸弹，从此我就安全无虞了。托马斯即使在撒尿时，也有些孩子气，他吹着口哨，尿路不断改变，好像他正在画着一幅不存在的图画。念头既生，我一下子屏住了呼吸。念头是如此强烈，不容我多作思考，我就伸出了手。当我将要接触到托马斯的背部时，我停止了。我发现我无法置他于死地。我不能这样，这个人救过我两次命，我已杀过他一次，我不能不明不白杀他第二次了。我转过身，眼圈都红了，我大口大口地吸气。

托马斯好像并不知道自己的危险，他撒完尿，全身一个激灵，把家伙放入裤裆。这时，他看了我一眼。这是我第一次和托马斯单独面对。他的脸上顿时有了奇怪的表情。我的脸黑了下来，我假装并不认识他。我说：

“走吧，他们走远了。”

托马斯点点头。

“子弹击中我这儿。”托马斯指了指右胸口，他没有看我一眼，好像在对一个不存在的人说话，“我以为要死了……我后来被中国人抓了起来，他们把我救了过来。我很感谢中国人，真的……”

我开始并没吭声，后来我冷冷地说：

“当心你的舌头，我不认识你。”

托马斯相当聪明，说：“我知道，我不认识你，我从来没见过你。”

“算你命大。”我说。

托马斯突然站住了，他好像是从我的话中听出了玄机。他说：

“我不想死，只要让我活着，我什么都愿意干。”

我挺瞧不上这个美国人的。说出这么没出息的话。这样的人也许还是一把把他推下悬崖来得干脆。我就踢了他一脚，说：

“少废话。”

老严突然出现在我面前。原来他是在一块岩石边等着我们。他见到我们，脸上挂着古怪的笑容。他的那双眼睛，充满了怀疑的光芒。我被他看得极不舒服，我真想揍他一顿，给他一点颜色瞧瞧。老严对托马斯说：

“你快跑，追上他们。”

托马斯就屁颠颠地追了上去。

我和老严默默地走在山路上，谁也没有说话。但我感到我和老严之间紧张的气息。老严已经不相信我了，他已把我盯死了。这会儿，我就在他旁边，但我感到我和他之间似乎相隔遥远。我心情沉重，感到自己像是被什么东西包围着，压迫着。我当然知道是什么东西压迫着我，是不被信任的目光。我以为他们最终会信任我，我都已穿上了军装，但我还是不被信任。

走了好一阵子，他才开口问：

“你们刚才讲什么?”

“他说是志愿军救了他的命，他对志愿军相当感激。”

“是吗?”老严意有所指地说，“你们好像挺熟的?”

我没理睬这个人。加快步子，独自向前。

事后，我非常后悔我没有把托马斯推入悬崖。因为那以后，事情似乎变得严峻起来。老严经常把托马斯叫去。有一次，肖战友对我说，托马斯以前是美国俘虏营的军官。他很少同我讲俘虏的事，我就格外警觉。我说，是吗?

老严有一天把我叫去，问我这失踪的三个月是怎么生活的。我说，见什么吃什么。什么都吃，连死老鼠都吃。老严说，噢，是这样。我说，我是受过野战训练的，只要没被击中要害就能活下来。

我知道老严还是没有信任我。我甚至觉得，在他心里已认定了我同托马斯有关系了，他认定我在这三个月中，已变了节，投靠了美国人。也许是我多心了。但目前的处境让我不能不留点儿心眼。

也许是为了解除老严的怀疑，有一天，我主动向肖战友说起我被俘前的那次战争，我们整个连都被包围了，通信中断。我受命前去请求大部队的支援，所以我逃了出来。我说，我其实不愿意在这里看管俘虏，我想去前线。

肖战友好像对我的话没兴趣。他没头没脑地对我说：

“我们已经被包围了。四周都是南韩人和美国兵。”

对此，我却一点不关心。我渴望和美国人正面接触，来个你死我活。要解决目前的困境，我只能这样。如果面对敌人，我的命运只能是两种：要么成为一个英雄，要么战死成仁。我说：

“你什么打算?”

“我不会做一个俘虏。”他冷冷地说。

我和肖战友说话时，天色已晚，四周暗了下来。树林暗影浮动。傍晚的气息使眼前严酷的战争显得有点不真实，好像我一直置身于世外。这令我有点伤感。

我和肖战友说这些时，内心充斥着巨大的不平。我敢保证，我比谁都勇敢，比谁都忠诚，但现在就是像肖战友这样的白痴都要怀疑我，我都要看他的脸色。我告诉自己，我必须经受住这个考验，把一切耻辱洗刷干净。

有一天，老严把我叫去。我进去时，发现托马斯老老实实坐在老严那张简易写字桌前面，他双脚并拢，搓着手，那双天真的眼里面带着惊恐。我吓了一跳。我不知道老严为何把我叫过来，难道他从托马斯的嘴里审问到了什么？我当然不能把我的担心表露出来。我也没问老严找我何事。我现在很少说话。老严的话也少，但我知道他会先开口的，是他找我来的。这次老严倒是很热情，站起来，把他的位置让给我，说：

“你来审审他，我看他支支吾吾的，一定还有料。”

我硬着头皮坐到椅子上。我得面对这个场景。我把目光刺向托马斯。能问些什么呢？我对托马斯太了解了。但我必须要问。“你在美军哪支部队？”

“我在美军水原战俘营工作。”

“你虐待过中国俘虏吗？”

“没有。”

“骗人。”

“别的士兵有。他们叫中国人在营地跑步，不让他们停下来，直到他们脱水晕过去。”

“你一个管俘虏的怎么会被抓的？”

“因为俘虏策反跑了。我是去追赶那些逃跑的俘虏时被抓的。”

……

我审问的时候，老严在一旁打瞌睡，但我知道他一直仔细倾听着，不会放过任何细节。

我从老严那里出去时，浑身都是冷汗。我深深地吸了一口气。刚才的审问令人窒息。那不是在审托马斯，而是在审我自己。我真是怕一不小心出什么漏子。即使现在，我已做了几次深呼吸，依旧感到胸闷。我很软弱，我甚至想到我应该把一切同组织交代清楚，包括和托马斯的关系，包括我向托马斯索取女人的裸照，包括我的阶级立场问题，但我马上否定了自己这个想法。这样做等于把自己打入地狱，如果说了，组织就不会再信任我了，我就会像那个给日本人筑铁路的工程师一样只有上吊的分了。

俘虏出去干活时都要在脸上做记号。在他们的脸上或衣服上打一个红×。这工作一直我在做。我像对待那些将要送到屠宰场的牲口一样，打×。轮到托马斯时，我在托马斯的嘴上打了一个大大的×。这我昨晚上想好了的，我得想些办法警告托马斯，让他永远永远地闭嘴。我打完×，老严奇怪地看了我一眼，但他什么也没说。

老严又把我叫去审问托马斯。这已经是第四次了。我的问话在向危险的方向前进。

“听说你被捕时受伤了？”

“是的。”

“怎么伤的？”

“一个逃亡的俘虏……不，不，是一个逃亡的中国志愿军打了我一枪？”

“是谁组织策反的，你知道吗？”

“不知道。”

“我想你也不知道，如果你知道就不会策反成功了。”

“是的。你说得对。”

“如果现在你见到那些俘虏你还能认出来吗？”

“能。不过中国人的脸都差不多，也不一定。” 说到这儿，托马斯笑了。“比如我觉得你很眼熟，但实际上我不认识你。”

听了这话，我吓得不知如何审问下去。我的目光盯着托马斯的上衣口袋。他还穿着美国军服。他被捕时，我军已把他的全身搜了个遍，他的口袋应该没什么东西了。可我太了解托马斯了，你把他所有的东西搜了去，他无所谓，但他会把裸照藏好，藏在胸口。我也是一时失控，冲了过去，抓起他的前胸，撕开他的衣服，那裸照就弹了出来。我捡起裸照，冷笑道：

“这个美国人天生就是下流坯。”

我这么做是愚蠢的，这只能让我更危险。我觉得再这样下去，老严总有一天会把事情弄个水落石出。肖战友有一天对我说，老严以前是地下工作者，搞情报的。他警惕性高，什么事情都逃不过他的眼睛。肖战友这么说时虽然依旧面无表情，但是我的心直发虚。

我总感到背后有一双不信任的目光。这目光现在好像无处不在，像刀子一样闪闪发亮，因为这目光，我经常觉得现在已经没有黑夜，我的一切都是裸露的，无处藏身。

我晚上老是做同一个梦，我总是梦见托马斯那张有时候能说会道有时候又笨嘴笨舌的大嘴巴。在梦里，这张嘴像鳄鱼嘴那么大，是真正的血盆大口。我对这张嘴巴充满了恐惧。我多么希望托马斯的脸上没有嘴巴。或者托马斯成为一个不能发出任何声音的哑巴。似乎只有那样我才是安全的。当我从噩梦中醒来的时候，对这个美国人充满了愤恨。就是这个人让我度日如年的。我真是后悔，我当时没把他推下悬崖。

美国人虽然被囚禁着，但他们天性乐观，只要待他们稍宽松一点，他们就喜欢说说笑笑。他们聚在一起的时候，就叽叽喳喳说个不停，经常还哄堂大笑。我猜那些玩笑同性有关，因为他们老说“发格”。我待在美国战俘营时知道这个在他们口中出现频率最高的词是什么意思了。美国俘虏老是“发格、发格”的，让老严很烦。他发布了一条指示，规定从即日起这些美国人不得讲英文。老严的指示让美国俘虏很吃惊，他们的脸上布满了无辜的表情。美国人向老严抗议。美国人抗议的时候，肖战友推了推枪膛。他把子弹推入枪膛时，机械发出响亮的声音。这声音吓着了这些战俘，他们都沉寂下来，脸上布满了恐惧。这以后，他们就不再相互说英语了。

老严对他们开设了中文课。这个任务交给托马斯。老严对美国人训话：

“好好把咱们的话学会了，以后只能用中文说。”

托马斯教他们中文的时候，我和肖战友就背着枪在门外站岗。

我是怀着一种绝望的心情看着他们学中文的。我真的希望这里没一个人会说中文，那个托马斯最好是一个哑巴。

如果托马斯真的给他们讲了我的什么话，那么，等他们学会中文，身边的定时炸弹不是一个，而是九个。我倒吸了一口冷气。

我得想点办法。也许我应该把托马斯杀了，或者我应该赶快离开这个地方。

战争越来越严酷。有消息传来，美国女兵在污辱中国战俘。有一些照片被帝国主义媒体披露了出来，照片上志愿军俘虏光着身子，在被逼做各种性交动作。还有更恶劣的，就是美国人强迫中国俘虏同牲畜性交。旁边的美国女兵和男兵都在狂笑。

这些照片让军队对美国人充满了仇恨。管理战俘的我军士兵自己没动手，叫来一些北朝鲜人，叫他们对付美国俘虏。鲁小基带着首长的指示来到俘虏营。鲁小基强调我军优待俘虏的政策。

但愤怒是可以传染的。愤怒也传染到了我们这里。肖战友开始折磨美国人。他先把那些美军污辱我军俘虏的照片贴到墙上，然后拿着鞭子，在屋子里踱步。那些美国人看到照片，都脸色苍白。他们知道自己必将遭受到也许是致命的报复。

肖战友像疯子一样抽打着美国人。他原本没有表情的脸完全扭曲变形。我能理解肖战友，这种仇恨是真实的刻骨的。我有这种体验。我所在的连队第一次出现死亡的时候，我眼看着我的战友被美国人的流弹击中后死去了，那时我胸中涌出的仇恨势不可挡，我真的想马上冲过去把他娘的美国人都杀个干净。肖战友鞭子挥过，美国人的脸上、身上、手臂上都出现了血痕。

一会儿，肖战友就累了，他气喘吁吁地擦着汗，把鞭子掷给我，说：

“你去收拾那个人吧，那个人我给你留着。”

他所说的那个人就是托马斯。他刚才没打托马斯一鞭子。我明白他的用意。

我把鞭子掷了。我冷冷地站起来，向托马斯走去。托马斯大概看到了我眼中的杀机，他后退着求饶。不要，不要。我当然不为所动。也许我早已等着这样的时机了。我甚至连想都没好好想，像是完全出于本能。我从腰间抽出刀子，逼向托马斯。托马斯再无退路。我掐住托马斯的脖子。一会儿，他的舌头就伸了出来，我迅速揪住托马斯的舌头，然后把它割了去。我的一系列动作非常娴熟。我曾是一个侦察兵，干这种事训练有素。舌头割去，血流喷射，我的脸被染得通红，成了一个血人。我抹了一把脸，我的双手沾满血液。老严和肖战友没料到我会这么干，他俩完全惊呆了。我看到肖战友甚至颤抖起来。托马斯像一条鱼一样在地上蹦跳，嘶着嗓子喊叫，但他再也说不出一句话了。我掷了刀子，走出俘虏营。

我难以平静。我双脚打颤，浑身无力，就像我脚下的路被抽空了，我浮在半空之中。没走多少路，我就呕吐起来。

这之后，我一直不敢见到托马斯。我在有意回避他。即使见到他，我也不会向他看一眼。现在，我安全了，但我内心却再也难以平复，我已难以把托马斯当成一个美国鬼子，当成我的敌人。我太熟悉这个人了，我已把他当成我生活中的一员，就像是一个邻居。我因此感到难过。

我开始照顾托马斯。干重活的时候，我偶尔会帮帮他。送饭时，我会给他加点儿菜什么的。我军的条件比较恶劣，伙食差，我见托马斯狼吞虎咽的。这时候，托马斯看上去像条受惊的狗，对我又感激又害怕。

战事越来越吃紧。我们所在的山头被包围了。老严告诉我，我军可能失守，也可能全军覆没。

我爬上山顶，察看周围的状况。危险比想像的要严重。头顶上都是密密麻麻的美国飞机。飞机发出令人讨厌的声音，就好像这个山头是一堆巨大的狗屎，而这些飞机是一群可恶的苍蝇。南韩士兵完全包围了我们。他们正在包抄我们。

老严和肖战友似乎再没心思看管这些俘虏了。他们把俘虏营里的事交给了我，投入了战斗。美国士兵对外面的情况浑然不觉。他们在恐惧解除的时候，基本上是自得其乐的。有时候开心起来就像孩子。他们发明了一种游戏，他们是用稚嫩的中文玩的，说出五官的名字，然后用动作比划出来。他们玩得挺投入的。我感到奇怪，外面是严酷的战争，而这里像一个超级幼儿园。

枪炮声越来越近了。一些炮弹就在附近爆炸。俘虏营一下子安静下来，那些美国人一个个面露惊恐之色，他们不知道究竟发生了什么事。

我把俘虏营关死，到外面察看。到处都是炮火。这座山头已光秃秃的了，除了石头和焦土，没有一棵活着的树或草。战壕里，我军士兵状况非常惨烈，遍地都是尸体。

根据我上次的经验，我明白，我们跑不了啦。过不了多久，这里就会失守，所有的人都会死去，不死去的就会成为俘虏。我准备死去了。我不会再做一次俘虏的。

我来到俘虏营，开始做临死前的准备。我要做一个英雄。也许多年后人们会发现我的英雄业绩。我得做得尽善尽美，好让他们传颂，就像人们在传颂狼牙山五壮士一样。

我要先杀了这些美国人。这是我首先涌出的念头。

俘虏营的后面就是老严、肖战友和我休息的地方。那里有一个暗口，可以观察营里面的一切。营里的门都关死了，要杀了这些美国人轻而易举。他们这会儿还在玩游戏。美国人对自己成了俘虏没有任何羞耻感，给人的感觉好像他们巴不得成为一个俘虏，所以他们被抓后反而放松下来。我非常瞧不上他们这一点。这样的部队怎么能打胜仗呢。他们玩游戏还特别较真儿，经常为一点点小事争得面红耳赤。现在，我要把这些垃圾送到天堂上去了。

我不紧不慢地推上子弹，开始向他们射击。当一个人的脑袋突然开花的时候，那些俘虏惊呆了，然后乱成一团。我继续射击。我的枪法是多么准，弹无虚发。可是，我这么一个神枪手，却英雄无用武之地，让我看管这些令人厌烦的俘虏。这世道，真是不公平。我把这些日子压抑的愤怒都发泄到他们身上。一会儿，营里躺满了尸体，只有托马斯活着。但托马斯已经吓傻了。

我把托马斯叫出来。托马斯揣摩不出我会怎样对待他。他扑通一声，跪了下来。他在求我。他已说不出话，但我懂他的意思，他不想死。他给我看他妻子的照片，我曾经看过的。我知道他的意思，他不想死，他的妻子还在等他。他说着就哭了，哭得像一个孩子似的。我说，托马斯，你别哭，我不会杀你。托马斯吃惊地抬起头来，表情显得既疑惑又脆弱，显然他没有完全相信我。我说，托马斯，谢谢你曾救了我，你跑吧，四周都是你们的人，你只要跑，你就会有救。托马斯似乎不相信自己的耳朵，愣了好一会儿，等他反应过来，就从地上爬起来，逃跑。他是倒退着逃跑的，他怕我一枪毙了他。他始终对我不放心，我想在他眼里，我一定是个变化无常的魔鬼。后来，他被什么东西绊了一下，像一块石头一样向山下滚去。

我知道接下来应该干什么。一切早已了然于胸。我开始捆绑炸药。一会儿，我的身体上挂满了炸药。我的手中还握着一根爆破筒。

战场突然安静下来。也许我军的士兵全部战死了，也许只是我的幻觉。大概是幻觉，其实四周依然充满了枪声和爆炸声。安静是从我的身体里面渗透出来的。那是临死前的宁静。是的，我对死亡没有任何恐惧，有的只有宁静。

敌人像蚂蚁一样聚集，他们向我靠近。我坐在那里，脸上挂着安详的笑容。我等着他们完全靠近，然后，我会站起来，拉响身上的炸药和爆破筒，把自己和敌人送进天堂。

（原载《当代作家评论》2005 年 5 期）

回故乡之路

艾 伟

“解放，你今天怎么啦，没精打采的。”

妈妈说话时，解放低着头，没有吭声。他知道妈妈清楚他的心思，但大人们总是想隐瞒些什么。爸爸被他们带走已经有一天一夜了。解放搞不明白他们为什么带走爸爸。

解放昨晚去村头的队部偷偷看过爸爸。爸爸坐在昏暗的灯光下，双眼无神，样子十分紧张。解放觉得爸爸的灵魂似乎出窍了。

妈妈坐在屋子里，低着头在摘毛豆子。妈妈还没去上工，她一直在屋子里磨蹭着。解放知道妈妈是在等爸爸。

解放走进教室时，感到气氛有点不对头。他说不出什么地方不对头。强牯像往日那样领着一帮孩子在欺负女同学。他们在欺负那个有着李铁梅一样又粗又长辫子的女孩。强牯伸手拉一下那女孩的辫子。那女孩抚住自己的辫子骂强牯。强牯和男孩子们都笑起来。解放知道强牯其实喜欢那女孩。当然解放也喜欢她。确切地说，解放喜欢的是她的辫子。他很想摸一摸那女孩的长长的辫子。解放听到这会儿强牯和他的手下都在放肆地大笑。解放觉得今天他们的笑有点意味深长。

萝卜也在一旁笑。他笑得比谁都放肆。萝卜总是这样，虽然强牯老是欺负他，可他只要看到强牯欺负别人，他总要在一旁笑。有时候，强牯他们不笑了，他还在笑。强牯很烦他这个样子，会忍不住给他一脚。

萝卜笑够后来到解放的座位上。萝卜说：

“你爸还没回家吧？”

解放的脸红了。他感到心脏在剧烈地跳动。

“你放心吧，你爸没事的，你爸画了那么多毛主席的像，你爸会有什么事！”

萝卜的安慰让解放感到厌烦。解放从来没打过人，这次解放却突然伸出拳头对准萝卜的鼻子打过去。萝卜的鼻子流出了血。萝卜一脸惊愕，不过没有哭叫。要是平常，强牯还没打着萝卜，萝卜就会哇啦哇啦地大叫。这次萝卜没有叫，任鼻血往下流。教室里一下子安静下来，强牯双眼锐利地看着解放。解放背着书包抬着头走出教室。走出教室时，解放的眼中涌出了泪水。

学校的西边是群山，山上有各种各样的植物和鸟雀。解放钻入林子。他看到天空在树枝上面运动，阳光的碎片在跟着他跑。一会儿，他来到一块石头边。这是他的一个秘密之所。这里的树枝和藤蔓纠结成一个像茧一样的空间。解放发现了这个地方后就喜欢上了这里。有时候，他会在这里睡上一觉。

透过浓密的树叶，能够看见学校。他们这会儿已经在上课了。解放知道这一课他们将学习《黄继光的故事》。学生们正在背诵老师在开学时教他们的顺口溜：

“爬雪山，过草地，跟着领袖毛主席。八路军，枪法准，日本鬼子没了命。淮海战，真漂亮，浩浩荡荡过长江……”

听着这些顺口溜，解放感到温暖。解放仿佛看到一些画面从这顺口溜中升腾而起，它们是壮丽的炮火，战地的野花，浪漫的地下工作者，地雷战，地道战，小兵张嘎，红星照我去战斗……解放喜欢让自己沉浸在对过去战争的怀想之中。学校里有时候会请一些参加过解放战争打过蒋介石的退伍军人作报告，那是解放最为幸福的时光。

解放从一块石头下面取出一只铁罐头。这里是他的领地。他把自己最珍爱的东西藏在这个地方。铁罐头里面放着几本连环画，一颗子弹壳，一粒七种颜色的玻璃弹子，和一支自制火药手枪。解放拿出子弹壳在手中把玩，铜质子弹壳已被他抚摸得十分光滑，黄色的光芒耀人眼目。解放又拿出自制火药手枪，瞄准山下的学校。火药手枪开不了火，因为没有火药。解放知道怎样制作火药，把硫、硝、木炭按一定比例混合就成了火药。解放搞不到硫，解放没办法制作火药。这会儿解放的精神有点儿放松了。每次来到这个地方，他就会感到平安。他虚拟地打了几枪后，拿出连环画读起来。他收集的连环画都是关于英雄的故事。不知为什么，解放特别喜欢那本讲述董存瑞的连环画。

一个早上很快就过去了。田头广播突然响了起来，这说明已到了中午。解放差不多把爸爸被他们带走这事忘了。他感到肚子有点儿饿，就从树丛中钻出来向山下跑。

跑过村头，他看到三个男人正在用石灰水粉刷画在墙上的图画。这面墙上画了两幅图画，上面一幅是《毛主席去安源》，下面一幅是《董存瑞炸碉堡》。这两幅画都是解放的爸爸画的。村子里所有画在墙上的革命图画都是解放爸爸画的。三个男人正在粉刷下面那一幅。他们把董存瑞的头、手、手上举着的炸药包抹去，然后他们又抹去董存瑞的身子和脚，接着他们抹去了敌人的碉堡。他们粉刷得非常小心，唯恐把上面的那幅毛主席像玷污掉。解放不知道出了什么事，他们为什么会把这样一幅歌颂英雄的图画涂抹掉。这幅画还是解放叫爸画上去的呢。那时《毛主席去安源》早已画好了，解放发现这幅画下面还有一块巨大的空白，就缠着爸让他把董存瑞画了上去。解放崇拜董存瑞。村里人都觉得解放爸把董存瑞画得很像。

解放又想起爸爸被他们带走这事，心里一沉，快速向家里跑去。走进家门，他看到爸已经回家了。他松了一口气。家里的气氛依旧很压抑。爸爸正在修一只水桶，这只水桶已漏了几个月了，爸爸一直懒得修它。爸爸看起来像是在专注地修水桶，不过他看上去神情有点恍惚，这让他显得动作迟缓。妈妈也回来了，她正在做饭。她一定知道解放今天逃学的事（他们的老师是个喜欢告状的家伙），要是以往他们一定会好好训他一顿的，这次他们好像并没在意这件事。解放不知道家里出了什么事。

日子一天一天过去了。家里平平静静。他们再没把爸带走，家里却还是笼罩着沉闷的气氛。解放已不再去想爸曾被他们带走这事了。

学校里的学军课是孩子们最喜欢的。学军课上，孩子们可以知道各种各样的新式武器。最近的一场战争就是中苏珍宝岛战争，孩子们因此知道了许多苏式武器：T54 型坦克，98 式卡宾枪。T54 型坦克的顶部有一个像乳房似的漂亮的圆顶，打开它就可以钻入坦克。98 式卡宾枪则能自动退壳，连续射击。每个学期都会有一次在山林里上的学军课，深受孩子们欢迎。内容是模拟战争。学生被编成几个小分队去寻找老师早已埋在石头底下或树根部或枝头上的纸条，纸条上写着：敌军司令、敌军军长、敌军师长、敌军士兵等等。谁捉得多，谁就是英雄。

天空非常明亮，已经是初夏时光，太阳照在人身上有一种令人隐隐作痛的热度。有军装的孩子都穿上了军装（为了这堂学军课，一些孩子早在两个月前就缠着父母要他们为自己置一件小军装），军装外面还系了一根皮带。由于天太热，穿军装的孩子都闷出了一身的汗，他们的脸像天上的太阳一样红，倒是那些穿衬衫的孩子显得神清气爽。孩子们已经等得不耐烦了，他们盼望老师吹响总攻号，他们可以冲进树林里去捉敌人。林子里的空气清凉湿润，饱含着地气。钻进林子，满头的大汗就会收回去。

孩子们在山阴的三分之二高处发现了一条壕沟。他们感到很惊奇。他们认为这可能是一条战壕。壕沟的前后都生长着茂盛的树木或柴火，但壕沟上只生长着一些杂草，杂草的长度超出了壕沟的坎子。孩子们不知道壕沟有多深，他们跳下去，下身湮没在了杂草丛中。他们兴奋地沿着壕沟跑了一遍。杂草被他们踩得东倒西歪。天上的太阳很毒，没一会儿，被踩倒的杂草失去了原本绿油油的色泽，变得干枯了。孩子们在学电影里解放军匍匐在战壕里作战的模样，他们的嘴上还模拟着大炮、手榴弹和机枪的声音。一会儿，学军课老师也来到壕沟上。有几个孩子围着学军课老师问，这里怎么会有一道战壕？老师说，解放前这里曾发生过一次激烈的战争。当时国民党部队在对面那座山上，解放军在这里。天上全是国民党的飞机，往这山头扔炸弹。

老师的讲述令孩子们激动无比。他们觉得这堂学军课有了真正的战争的气息，仿佛他们刚才抓到的营长、团长之类不再是一片纸，而是真的。

有一股火药气味蹿入解放的鼻腔。解放认为这不是听了老师的讲述而幻想出来的，而是他真的嗅到了火药气味。解放的鼻子比谁都灵。解放认为火药味是全世界最好闻的气味，闻着这样的气味他全身的毛孔就会长开来，整个身心也会放松下来。他奇怪这里怎么会有火药味。这时萝卜在一堆乱草中捡到一枚子弹，他兴奋得哇哇大叫起来。

在山上的战壕中捡到一颗子弹的消息一下子传遍了整个村子。放学后或星期天孩子们都会像潮水一样涌到这里。他们有的背着铲子，有的背着锄头，他们在战壕里挖啊铲啊，寻找子弹或子弹壳。要是谁找到子弹或子弹壳，他就会得到大家由衷的羡慕。

解放像狗一样把鼻子贴在战壕上。只要他嗅到火药味，顺着那味儿挖下去，他即可以找到一枚子弹。解放捡到的子弹和子弹壳比谁都要多。他挂在胸前的书包里老是发出叮叮当当的子弹撞击的声音。孩子们对此很眼红。萝卜特别崇拜解放的嗅觉，他十分愿意在解放嗅到子弹气味的时候帮解放一起挖。萝卜说，我帮你挖吧，反正我捡不到一颗子弹，我不要你的子弹，我学雷锋。解放答应了。为了挖到地底下的子弹，解放的手都挖破了，他的指甲已残缺不全，两只手指还磨出了血痂。不过解放也没让萝卜白挖，他偶尔会送萝卜一枚子弹。萝卜接过子弹的时候，脸上会涌出梦幻般的甜蜜的笑容。

一天， 萝卜在帮解放挖坑时突然说：

“解放，强牯说你爸犯了错误，要被打倒了。因为你爸在毛主席像下面画了《董存瑞炸碉堡》这幅画，他们说你爸这是居心不良，想炸死伟大领袖毛主席。”

解放觉得刺耳，他跳起来，揪住萝卜的衣襟，说：

“你他娘的，胡说八道个什么，董存瑞怎么会炸毛主席。”

“解放，是真的呀，他们都在这么说。你难道没有感觉到，他们现在不同你一起玩了。”萝卜一脸的真诚。

解放松了手，他一屁股坐在地上，想，“萝卜说得对，他们确实在躲避我，虽说我以前也不合群，但他们还是愿意和我玩的，现在他们只是远远地看着我，好像我是个怪物。”解放这段日子也疑惑这事，现在经萝卜一说，才知道缘由。解放认为关于爸爸犯错误是一个天大的谣言，因为董存瑞不可能去炸毛主席，再说了，董存瑞的画还是解放要求爸爸画上去的。“我爸爸怎么会居心不良，想炸死毛主席呢?”一定是有人在故意散播这个谣言，解放怀疑是强牯所为。“强牯是一个真正的坏人，他想欺负每一个人，可他不敢欺负我，所以他就造我的谣。”解放想自己对强牯应该有所回应。

解放站了起来，向战壕南端望去，一帮孩子正围在强牯身边闹，其中有一个孩子还在给强牯打扇子呢。解放有点儿慌神，他知道强牯是个不好惹的家伙。强牯心狠手辣，什么事都干得出来。

萝卜一直观察着解放，萝卜已经感到空气中某种紧张的气氛了。萝卜知道解放想干什么。他了解解放的脾气。萝卜说：

“解放，算了吧，他们那么多人。”

“我怕什么，我死都不怕，我还怕他。”

解放看上去脸色苍白，不过他的目光显得十分坚定。“我必须有所回应，即使打不过强牯，我也要有所回应。我什么都不怕，我不怕死。如果我生在战争年代，一定是个英雄。”解放这样想着的时候，已来到强牯身边。解放在离强牯二米远的地方站住，他看到强牯的目光一下子变得警觉，笑容在强牯脸上凝固了。

解放向强牯招了招手，让强牯过来。强牯满脸不屑地走了过来。解放二话不说对着强牯的脸给了强牯一拳。解放把那一拳打出去时，他的双腿在不住地颤抖。他感到打出去的一拳十分无力，就好像他刚刚生过一场大病，身上一点力气也没有。强牯显然没料到解放来这一手。强牯感到鼻子很酸，用手擦了一下，他看到手上鲜红的血。强牯“啊”地叫了一声，扑向解放。于是两个人打成一团，都想制服对方。孩子们被这突如其来的打斗弄得不知所措，他们呆呆地看着这两个人厮打在一起，不知道该劝和还是参战。这会儿，打架的两个人已趴在地上了，他们在地上滚动，一会儿是解放压着强牯，一会儿是强牯压着解放。他们俩已气喘吁吁。他们打架时谁也没有说话。一般孩子们打架时，总是粗话不断的。在一旁观看的孩子们也都紧张得大气都不敢出。空气中似乎只有打架的两个人的手、脚、身子动作时发出的声音。打架的两个人又从地上爬了起来，他们相互揪着对方的衣服和头发，在山坡上上上下下地打转。

解放已没有一点儿力气，他几乎是凭惯性在动作。他想，“再这样下去，我可能会败下阵来。”解放想也没有想，张开嘴巴咬住了强牯的肩膀。只听得强牯又是“啊”的一声，仰开了头，用他的脑袋去砸解放的脑袋。两个人同时摔倒在地，然后像两块石头那样朝山下滚去。

孩子们也向山坡下赶去。等他们赶到，发现解放和强牯没有再打架，而是朝相反方向走了。解放朝南，强牯朝北。强牯的白衬衫上洒满了血。

萝卜显得忧心忡忡，他对解放说：

“解放，强牯说他不会放过你。强牯说你没道德，他说你用嘴巴咬他，差点把他肩上的筋咬断。他说只有疯狗才咬人，如果是人只用手和脚打架，不会用嘴巴。解放，你要当心一点，下一次强牯说他也要用嘴巴咬你。”

解放冷笑一声，说：

"他敢。他再造我爸的谣的话，我不会放过他。"

话是这么说，解放还是有点担心。他不想再和强牯打架。他不敢保证下次能否打赢强牯。再说强牯手下有那么多人，如果他们帮强牯一起打，他根本不是他们的对手。这几天，解放尽量避免和强牯狭路相逢。

村子里出现此起彼伏的爆炸声。说爆炸声，其实也没那么响，但确实比鞭炮声响得多。这是孩子们发明的一种新游戏，他们发现把捡到的子弹放到燃烧的火堆里，子弹就会爆响。子弹爆响时，火像是被一股强劲的风吹了一下，眼看着要吹灭，突然又轰地燃了起来。强牯已经忘记和解放打架的事，他迷上了子弹爆炸的游戏。强牯想出了新的点子，他把子弹绑在一只乌龟的脚上，再把乌龟投到火堆里，子弹爆炸后，乌龟的身子分成了二半。那有头的一半竟还活着。子弹的存贮不是很多，强牯把别的孩子的子弹搜罗了过来。但玩了一段日子后，子弹就炸完了，只留下一批子弹壳。

孩子们知道解放有不少子弹。解放是村里拥有子弹最多的人。但解放不玩爆炸游戏。既然强牯在玩这个游戏，解放决不会跟着学样。解放想，让他们炸吧，他们很快会发现这个村子只有我拥有货真价实的子弹，他们很快就会羡慕我。解放走路时故意让书包内的子弹发出叮叮当当的声音。他看到强牯偶尔瞥过来的眼神怀有很深的恶意。解放想，他的眼神越恶毒说明他越羡慕我。

村子里突然来了一个外乡人。他们说他是人武部的干部。他一到村子里，就说要找强牯。一会儿，他们把强牯领到外乡人面前。人武部的人见到强牯直截了当就要强牯把子弹统统交出来。他说，有人反映你捡到不少子弹，你还让子弹爆炸，还炸伤了一个过路人的屁股。你把子弹交出来，你知道吗，私藏弹药是违法的，是要坐牢的。听了这话，强牯笑了，因为他现在没有一颗子弹，他所有的子弹都在“嘣”的一声中成了子弹壳。也就是说他现在没有私藏弹药。强牯说：

“我没有子弹，没有一颗子弹。我不骗你，我的子弹都爆炸了。不过，我知道谁藏着子弹，我可以带你去找他。”

强牯带着人武部的人朝解放家走来。解放站在自家门口的一棵苦楝树下一动不动。他还不知道人武部的人来干什么，该不会是来带爸爸走的吧？解放很担心爸爸出更大的事。他看到强牯向他这边指了指，对人武部的人耳语了几句，就停了下来。人武部的人摇着身子大步地向他走来。那外乡人的眼睛像爪子一样扎到他的身上。解放的心跳加剧，脸像喝醉了酒那样酡红。

原来人武部的人是来收缴子弹的，解放松了一口气。解放知道强牯一定告诉那外乡人他拥有子弹，他抵赖不了的。虽然不愿意，解放还是爽快地把书包里的东西倒在地上，一堆子弹滚滚而出。他说：

“你拿去吧，都在这儿了。”

解放没有把所有的子弹交出来。他还留了五枚。这五枚子弹他藏在家后门的一块石板下面。在父母不在时，他会把这五枚子弹从石板下取出来把玩。他恨不得把这五枚子弹插到强牯的身体里。

村子里的孩子们都在传说，解放要报复强牯，强牯将为他的告密行为付出代价。萝卜听说了这件事，心头一阵狂跳，他觉得这两个人打起架来是一定要流血的。萝卜气喘吁吁地跑到解放面前，问解放：

“解放，你真的还要和强牯打架啊？”

解放没回答萝卜。他的脸上露出的笑容充满了蔑视，好像这会儿强牯已被他打得趴在了地上。萝卜说：

“解放，强牯可不是好惹的，上回你咬了他的肩，他还想找你算账呢。”

强牯也听到了传说。听了这些话他脸全黑了。他说：

“他敢。你们等着瞧，总有一天，我会把他打得趴在地上求饶。”

他们谁也没有主动挑衅谁。解放独来独往。有时候解放的身后跟着萝卜（萝卜更多的时候跟在强牯后面，可强牯老是嘲笑他）。强牯总是带着一帮人，在村子里转来转去。他们俩好像有默契，尽量避开对方。

但村子太小了，终于有一天，解放和强牯在一条小巷里碰面了。小巷很深，有五十米长，小巷的墙根上布满了白硝。解放知道白硝可以用来制炸药。强牯见到他后，在小巷的那头站住了。如果强牯没站住，如果强牯很自然地走过来，那么也许什么事也没有，但现在强牯站住了，跟在强牯后面的那帮人也都站住了。强牯的脸色变得十分严峻，目光紧随着解放。解放没有站住，他继续朝小巷那头走去。他没看强牯，只看着墙根的白硝。他感受到了火药味。他意识到这一天终于到来了，也许从此以后他和强牯可以分出个高下来。解放幻想着墙根的白硝变成炸药，把这巷子炸得粉碎。这当然是不可能的。解放咬了咬牙，对自己说，一切都要靠你自己了。他尽力把恐惧从心头赶走，装作若无其事地向强牯那边走去。

走过强牯身边时，强牯叫住了解放。强牯说：

"你站住。听说你要报复我？"

解放就站住了。他可以不站住，而是加快脚步离开。但如果那样，不但强牯，所有的孩子都看不起他，那么从此后他就会像萝卜那样成为人人都可以嘲笑和欺负的对象。解放的脚像长着钉子似的立在强牯的前面一动不动。他的眼光第一次锐利地刺向强牯。强牯感觉到了解放眼中的坚定，心慌了一下，但这会儿强牯已没法再退路了。强牯说：

"现在我已在你面前了，你不要报复吗，你来呀。"

解放看了看强牯背后的孩子，冷笑道：

"你准备用这么多人对付我？"

"谁说的，你放心，一对一。"

"好。一对一。怎么打？"

"随你。"

解放想了想，说：

"我们用拳头已较量过了，这一次我们来打泥仗吧。"

"打泥仗"是孩子们玩的一种游戏。双方在一块场地两端垒起工事，用泥土做炮弹，谁先冲过中线谁就赢。不过现在显然已不再是游戏，而是真正的战争。强牯警觉地瞥了一眼解放，想弄明白解放在玩什么花招。强牯认为其中一定是有诈，也许解放会用什么致命武器对付他。强牯想，解放这个提议意味着他俩实际上已从拳头较量上升到用工具对决了。

他们来到村东边的一块干裂的泥地上。这里原本是一个浅浅的湖泊，由于久未下雨，湖里没一点水，成了一大片干裂的泥地。解放和强牯开始为战争做准备。解放的口袋里塞满了泥块。有些泥块像石头一样坚硬。他希望这些泥块能准确地砸在强牯的脸上。“不管怎样，我都不能输，如果我输了这一次，那我就可能输十次，输一百次。我就是被强牯砸死，我也要赶在强牯之前跑过中线。”

解放和强牯各自找了个隐蔽之所匍匐下来。围观的孩子们躲在附近的一块草地上。其中一个孩子喊了一声“开始”。话音刚落，泥块就从两人的阵地投向对方。

照一般经验，在战争的最初阶段火力密集，不易进攻。要等到双方的泥块快要用尽，火力稀疏了，才是冲锋的最佳时刻。但解放的行为让所有人大吃一惊，他一开始就冲锋了。他在冲锋时甚至没有向对方砸泥块。他在密集的火力中穿行，泥块一次次砸在他的身上，把他砸趴下，他马上爬起来继续往前冲。旁边看着的孩子们认为解放是不要命了。果然一块泥土砸中了解放的眼睛，解放的眼前马上像一只馒头那样肿了起来。肿起来的部位挡住了他的视线，解放有点弄不清前进的方向。这时他的脚被什么东西绊了一下，一个斤斗翻倒在地。强牯见时机成熟，也从自己的隐蔽处爬出来向中线冲。解放看到了这一情况，迅速地从地上爬起来，嘴角挂着一丝微笑。他从口袋里拿出泥块，砸向强牯。强牯被砸得趴在地上。当强牯再次从地上爬起来时，已杀红了双眼，他的手中捧着一块手掌大的石块。照规则是不能用石块的，可强牯竟拿着一块石头。如果他用这石块砸解放，解放会没命的呀。草地上观战的孩子们因紧张而脸色苍白。果然强牯做出向解放投掷的动作，他使出吃奶的力气，把石块掷向解放。石块像一块乌云一样从孩子们的眼里飞过。孩子们都闭上了双眼不敢再看。石块落在了解放的脑袋上。一会儿，解放的脸上都是鲜血，他的头成了一只喷涌的血头。但解放并没有被击倒，他依旧顽强地跑向中线。强牯惊呆了，他没想到石块会真的砸中了解放。他看着一个血头向自己奔来，突然感到恐惧，“啊”地叫了一声，拔腿便跑。草地上的孩子们知道祸闯大了，也都跑了。

后来发生的事解放就一点也不知道了。

强牯知道自己闯了大祸，躲在山上不敢回家。他想他的父母知道这个事后，会把他揍死。后来，有一个伙伴上山告诉他，解放回到家就晕了过去，现在已送到城里的医院去了。那人说，解放有可能会死。强牯听到这个消息，吓坏了，他清楚这回是躲不过去了，他硬着头皮回了家。他当即被他爹妈绑在院子里的一棵树上，毒打了一顿。爹妈打完后就往城里赶，他们家得为解放负担一切医药费用。他们走时没把强牯从树上放下来。强牯吊在树上，想，如果解放被砸死了，那他也活不成了，他知道一命抵一命的道理。他禁不住发颤，吊着他的绳子也跟着抖动起来。

等到父母从医院里回来，强牯已经吓昏了过去。父母把强牯放下来，把他弄醒，说，解放活着。过了一段日子，父母把强牯带到了医院。父母要强牯向解放赔罪。父母告诉强牯，解放的脑子砸坏了，他老是笑，见人就笑，也不知道他是不是被砸傻了，要是他傻了，那我们就要管他一辈子了。强牯这段日子很少说话，他知道还是不说为妙。他们到了医院，解放却不想见强牯，强牯只好站在门外。强牯想，看来解放没有傻，他还知道我是他的仇人。他往里望去，他看到解放确实在傻笑，他的眼睛却没笑，看得出他努力控制自己不要笑，却怎么也控制不住，因此眼神里透出恼怒。强牯突然觉得解放很可怜，一个只会傻笑的人怎么会不可怜呢。

解放从医院里出来后依旧对人傻笑。他无法控制自己。他最不愿意让强牯看到他傻笑，在强牯面前，他用尽最大的毅力控制自己的表情，可是他的脸肌不但没有舒展反而变得哭笑不得。解放知道哭笑不得简直比傻笑还要难看，还要令人绝望。他努力控制的时间一久，脸上的表情又起了变化，变得似笑非笑，看上去又像是绝顶聪明又像是傻的。解放当然不满意自己脸上的这种表情。他受不了村里人看他的眼神，他们怜悯的目光里同时流露出一种仿佛看到怪物的神情。解放现在很少待在村子里，他总是爬到山上去。让解放感到奇怪的是当他独处时，他就不再傻笑。村子里的人不知道解放在山上干什么。

火药的气味一直在解放的脑子里缠绕。自他们发现那条战壕起，解放就经常感到火药的气味在脑子里缠绕。解放被砸后，这气味更加强烈了。解放对母亲说了这事。母亲听着听着就流下泪来。看到母亲流泪，解放就再也不同她说了。解放也同萝卜说过，萝卜却说这是解放的幻觉，因为战壕那边的子弹已经挖光了，怎么还会有火药味呢？要是真有火药就好了，村里人想开山都找不到火药呢，火药都让国家收购了，都造火箭去了。但解放总是闻到火药味。

因为战壕那里再也找不到一颗子弹，孩子们不再去那里玩了。解放却天天去。解放站在战壕上时，那股熟悉的火药味总会强烈地蹿入他的鼻隙。这时，解放就会像一个喝醉了酒的人那样在沟壕附近跑来跑去。这种感觉暂时缓解了解放的苦恼。

一天，解放在林子里跑的时候，被什么东西绊了一下，重重地摔了一跤。他的身子倒在一棵树上，肘部擦出了血。他回头看到绊倒他的是一块铁块。解放当即就涌上了灵感：他的脚有了惊人的发现。总是这样，有时候需要用眼睛去发现些什么，有时候得靠身体的其它部位。解放认为他这一跤不是平白无故的，这是让他通过这一块铁块去发现埋在地底下更深的秘密。一个地雷？一枚炸弹？还是一辆装甲车？

是一枚炸弹。解放花了整整五个傍晚才把它挖出来。学校的最后一节课往往在下午三点钟就结束了，他一放学便往山上跑。他当然不会告诉任何人他发现了一枚炸弹。太阳已从对面的山上落下去了，天边布满了血红的晚霞，炸弹因此也染上了一层红晕。这是一枚巨大的炸弹，它虽在地上埋了二十多年，但它看上去好像刚刚从兵工厂的车间中被运出来，除了个别地方因油漆剥落而生锈外，其它地方依旧散发着银色光芒。炸弹的尾部写着这种炸弹的型号，不过已经看不太清楚了。解放猜想，这可能是一种美制炸弹，是美国人提供给蒋介石打内战的。炸弹大约有成年人那么长，直径有水桶那么大。解放用力地推了推炸弹，他怎么也推不动它。解放想，这是一枚没有炸掉的炸弹，它的内部一定装满了火药。

无论如何这是个重大的发现。解放暂时不想告诉任何人。我先得把它研究透，别的以后再说。从山上下来前，解放会把这枚炸弹藏好。他用草、藤蔓、柴火遮盖炸弹，直到他认为不会有人发现它，才会放心地离去。

解放坐在教室里上课的时候，心思早已飞到了山上，飞到了那枚巨大的炸弹上。他偶尔会逃几次课去山上，但不经常逃课，他怕老师发动同学找到山上来。那样的话，他们就会发现他找到了一枚炸弹。解放不住地望窗外，窗外的天空蓝得就像一块有色玻璃。解放曾捡到过一块有色玻璃，用有色玻璃看世界，世界就会变得很奇妙，世界就会变得像一个童话一样色彩缤纷。解放盯着窗外一看就是半天，他的嘴角还不时露出神秘而古怪的笑容。老师当然知道解放上课走神，但许多人说解放的脑子被强牯砸坏了，老师就懒得管解放了。解放虽然没看黑板，没在听讲，但他至少是安静的。

因为出了这么大的事件，强牯已被安排到另一个班上了。老师认为让这两个人坐在同一个教室里读书，就像是在教室里埋了一个定时炸弹，随时都要爆炸。强牯很高兴去另一个班，他不想再和解放过不去。虽然医生说，解放的脑子并没有受到什么损伤，但人们都在说解放现在有点傻。不管解放傻不傻，无论如何都和他砸的那一下有关。强牯因此深为不安。强牯被安排到另一个班后，那个班的老师说强牯变得安静了，他不再带着一帮孩子到处欺负人了。有人说，强牯开始学好了。

这天下午，学校有一个忆苦思甜大会。听说有忆苦思甜大会，孩子们的肚子就咕噜咕噜地叫起来。因为在忆苦思甜大会上，孩子们可以吃到用糠做成的饼子。糠本来是用来喂猪的，用糠做的饼子给孩子们吃主要用来说明旧社会劳动人民比猪比牛马还不如，从而使孩子们从内心深处涌出生长在新社会的幸福感。不过孩子们一点也不认为糠做的饼不好吃，他们觉得这饼进口有点苦，但带着一种醉人的香味。孩子们还发现用于忆苦思甜用的饼子也不完全是用喂猪的糠做成的，为了能让孩子们能吃下去，里面还羼了不少米粉的。孩子们都把忆苦思甜的饼子当作一次口腹享受。

孩子们早已高高兴兴地坐在礼堂里等候作忆苦思甜报告的人的到来。一会儿，那个秃顶的校长和另一个长得像骷髅的人上了讲台。看到那人，台下一阵躁动，那人实在太可怕了，他的脸上全是伤疤：他的耳朵没有了；他的上眼帘也没有了，他把眼睛闭起来时还会露出一大块眼白；他的脸上没有皮肤，全是没有毛孔的光滑的内层肉。校长让下面安静，然后就隆重地向孩子们介绍了那人。那人叫梅龙，曾是本村人，现在在城里的粮店工作。那人已很久没回家乡了，孩子们都已不认识他。那人是个劳动模范，他的脸是在大跃进时期造水库时被炸药炸伤的。校长介绍那人时，孩子们几乎不敢看，只有解放一直瞪着那人。解放脸上的表情是若有所思的。

解放其实很想听听那劳动模范的事迹，比如怎么会被炸成这模样的。不过解放知道那人今天不会讲这些，他是来控诉旧社会劳动人民的悲惨生活的。解放因此或多或少有些失望。那人已经在开讲了，那双没有眼帘的眼睛因为不会眨动而时常要流泪，要是在平常可能是一种毛病，在忆苦思甜时就成了一种意想不到的效果。旧社会的悲惨生活在他的泪光里闪现，台上台下一片悲戚，许多孩子也跟着流下了眼泪。这些都是真诚的眼泪。他们觉得劳动人民在旧社会实在太苦了，地主、富农实在太可恶。孩子们的心中于是充满了阶级仇恨。有一些孩子的目光投向那些地主、富农出生的同学。这些四类分子子女低着头，把头深埋在胸脯里，就好像他们的头是从他们的胸脯里生长出来的。这些四类分子子女哭得比任何一个孩子都厉害，有的在不住地颤抖，因为他们知道忆苦思甜过后会有一些皮肉之苦等着他们，那些因忆苦思甜而激发出满腔阶级仇恨的孩子会把愤怒发泄到他们身上。总是这样，忆苦思甜结束，孩子们就会把这些四类分子子女团团围住，对他们施暴。

解放一直看着台上的那人。他在想像这个有着一脸伤疤的人有过什么样的惊天动地的壮举。解放认为，就凭他伤成这个样子，他也配得上一个英雄称号，他才有资格站在讲台上作报告，才有资格享受台下没完没了的热烈的掌声。

强牯坐在远离解放的一个角落上。他一直观察着解放。现在他情不自禁地要关注解放。强牯的目光越过一片哭泣着的孩子们的头颅，投射到解放脸上。解放还是一脸古怪的笑容，若隐若现的喉结在上下涌动，好像在不停地咽着唾沫，他的双眼发出异样的光芒。突然，解放收住了笑容（只能收住瞬间），他的目光锐利地投向强牯。强牯连忙避开，不和解放交集。总是这样，只要强牯的目光在解放身上停留的时间超过半分钟，无论这目光是在解放的背后还是在解放的侧面，解放都会作出愤怒的反应，就好像强牯的眼光中带着刺，会把解放的皮肤刺痛。解放看到，强牯的目光慌乱而茫然地投向别处。解放认为强牯不怀好意。

解放看过一部叫《回故乡之路》的越南电影，他记得里面有一个走在回故乡路上的士兵睡在一枚炸弹壳里面，从而躲避了美国飞机轰炸。现在，这个场面深入到了解放的内心。他希望自己也能像那个士兵一样，在弹壳上睡上一觉。他已经能够想像睡在弹壳里面温暖的滋味了。

炸弹躺在解放的前面，傍晚的光线照在它流线型的光滑的外壳上，看上去显得完美而沉静。解放明白，沉静只不过是它的表面，它的内部有着炽烈的火药，如果它被点着，会让这座山炸开一个巨大的口子。现在它封闭着，几乎找不到一条缝隙，像一个鸡蛋那样圆满，好像它天生如此，但解放知道，它是由人制造出来的，是人在兵工厂中拼装起来的，只要动动脑筋，就一定能拆解它。解放注意到炸弹尾部那个巨大的铁块，他断定一切机关都在那里面。

解放从家里搬来了螺丝刀、锄头、老虎钳、扳手等工具，他决定从尾部下手，把炸弹分成两半。这样，他就可以如那个越南士兵一样爬到炸弹里睡觉了。虽然这枚炸弹从天上掉下来不曾爆炸，虽然它在地上埋了也有二十多年了，但拆卸炸弹无疑是一桩危险的工作。解放不知道炸弹在何种情况下会被引爆，他没有一点这方面的知识，但他决定冒险。解放拿着螺丝刀，用刀刮去炸弹尾部的沥青。一会儿，一颗螺帽显露出来了。解放知道，他必须把这颗螺帽先退出来。他在退螺帽时，心跳得厉害，他担心自己不小心弄爆这枚炸弹，那样的话他恐怕会被炸得片甲不留，恐怕连一块完整的骨头都不会找到。

螺丝退去后，后盖就可以揭去了。里面有一些红红绿绿的线头。这情形解放很熟悉，电影里这样的场景比比皆是。那往往出现在电影的高潮，定时炸弹就要炸响，英雄处在最紧急的关头，因为危急，英雄的头上冒着豆大的汗滴，他在判断先断开那些红红绿绿的线头的哪一根。当然最后英雄没有让炸弹爆炸，勇气和运气成全了英雄。解放觉得自己在干一件了不起的事情，就好像这会儿他也成了一个英雄。不过这种感觉只是一瞬间，因为这里没有烟火，这山、这树、这夕阳一片平和，潜在的危险好像并不真实。开始时，他有点害怕炸弹会突然爆炸，干了一阵子，炸弹没任何动静，危险的感觉就淡了。解放看着炸弹内的那些线头，感觉那些线头只不过是摆放在那儿的装饰品。解放想也没想，就一把抓住它们，然后用力一拉，电线脱离了炸弹。当然，炸弹没有爆炸。

解放的胆子越来越大了，拆卸炸弹的速度也快了起来。终于，弹壳被撬开了，弹壳分成了两半。弹壳里面有一团用油污纸包着的漆黑的东西，解放马上猜出那就是炸药，他在一本有关军事的书上读到过，那东西正确的叫法应该是TNT。真正厉害的就是这团东西，弹壳只不过是这团东西的外衣，就是这团东西炸开来才能地动山摇。为了安置这团东西，解放特地下了一趟山，找到一只他爸用来画领袖像的油漆桶。桶里桶外积满了油漆，解放点上火让铁桶燃烧起来，直到油漆全部烧干净为止。他知道炸药不能碰到火，他在带桶上山前把铁桶在水中浸了会儿。他用自己的衣服把桶中的水擦干净。来到山上，他把那团黑黑的炸药放进桶中，然后小心地盖上盖子。这桶炸药对解放来说是重要的，他将充分利用它。他已想像到这桶炸药给他带来的快乐。他可以让他的自制火药手枪响起来，让村子里发出清脆的声音，还能让别的孩子羡慕不已。如果他们问他是怎么搞到火药的，那他会告诉他们这是自制的，他找到了不用硫就能制造火药的方法。他们一定会发了疯地去试验不用硫的自制火药，不过他们一辈子也试验不出来。解放对自己说，我必须把这桶火药藏好，我不能把这桶东西拿到村子里去，我得让它埋在地下。解放就在山上挖了一个坑，然后把铁桶掩埋起来。

现在弹壳空空荡荡了，解放可以像那个越南人一样在弹壳里睡觉了。他用衣服把弹壳里存留的脏物擦干净，然后就躺了进去。他好不容易才把另一半弹壳移挪归位。随着炸弹的合拢，里面一片漆黑。弹壳里面火药味依旧很浓，这火药味让解放感到和平，就好像炸药的气味里蕴藏着一些寂静的东西。解放躺在弹壳里，觉得人世间的一切远离了他，他的身体里因此涌出一种莫名的温暖。他都不用闭上眼睛，就可以想像天空中飞翔着美国飞机，他们投下了无数的炸弹，炸弹在周围炸响，解放非常安全。有时候，解放觉得自己的炸弹也在天空飞翔。解放发现他躺在炸弹里面再也没有傻笑。

现在炸弹里面成了解放另一个家。解放只要一有空就奔到山上，然后像一只松鼠一样钻到炸弹壳里。他从山下搬了不少东西上来，这些东西包括：五枚子弹、火药手枪、一块红领巾(解放有两块红领巾，旧的一块系在他的脖子上，这是新的一块)、一张《沙家浜》的剧照、八本连环画、一只滑轮、一块布毯和一台书本那么大的收音机。这是村子里唯一的一台收音机。是解放爸爸的。自从解放爸被带走一次之后，解放爸再也没有打开过收音机。解放爸整日愁容满面，若有所思。解放见爸爸床头的收音机已积了一层厚厚的灰尘，就把收音机搬到了炸弹壳内。他猜想爸爸最近不会对收音机有兴趣，应该不会发现解放拿走了收音机。解放把东西放在炸弹壳内不同的位置上。解放习惯于把东西整理得井井有条。他一直是个做事有条不紊的人。他躺在炸弹壳里，打开了收音机，他什么也没有收到，收音机一直在发着古怪的噪音。他还以为收音机坏了，他爬出弹壳一试，收音机还是能收到的。他猜想，是炸弹壳挡住了无线电波的进入。不能在弹壳里收到来自北京或上海的声音，解放感到非常扫兴。

不管怎么说，在弹壳中安置一个家让解放感到满意。这是一个黑暗之所，只要爬到里面，就会被黑暗吞没。弹壳里依旧留存的炸药味让解放感到宁静。弹壳很小，因为黑暗，好像没有边界，好像非常辽阔。躺在这弹壳里，解放觉得现实在很远很远的地方，有时候他甚至觉得弹壳飞翔在现实之上。他在弹壳里感到非常放松非常满足。只要在学校或在村子里，他就会傻笑，在这弹壳里面，他就不会再傻笑，他不明白这是什么道理。

弹壳的一半埋在泥土里，所以，即使在夏天，弹壳里面也非常阴凉。在学校里，在村子里，天上的太阳和这个村子好像有一个传递热量的专门通道，把它所有热量都灌注到了这个村子，村子热得燃烧了一样。孩子们都浸泡在村子里的河水中，他们只把他们的头露在水面之上。河中黑色的头颅就像粪坑中涌动着的蛆。解放不去河水中，他一放学就藏身弹壳中。现在，他已经能非常灵活地从弹壳中钻进钻出了，他觉得自己的身体也变得像松鼠一样柔软。

有一回，萝卜在村头碰到解放，萝卜这几天老也找不着解放，就问解放在干什么。解放当时正准备往山上跑。因为不想萝卜跟着他，就停下来和萝卜说话。他可不想任何人知道他的秘密处所。萝卜一直在观察解放，他发现解放看上去确实很傻，笑起来很像一个白痴。这段日子，孩子们都在说解放神出鬼没，他们甚至说解放变成了一只松鼠在山上蹿来蹿去。萝卜看了看解放的眼睛，发现解放的眼睛真的很红，真的像一只松鼠的眼睛。难道解放真的变成了一只松鼠吗？

远处的巷子里突然跑出一个孩子。接着，又跑出一群孩子。跑在前面的孩子是四类分子友灿的儿子，非常瘦，他跑起来的样子就像风中飘荡的一根芦苇。后面那帮孩子相对要结实得多，他们在追打友灿的儿子。在村子里成年人可以随便教训四类分子，孩子们因此认为他们可以随便揍四类分子的子女。孩子们也不揍所有的四类分子子女，他们只揍友灿的儿子。友灿的儿子得了一种奇怪的声音恐惧症，他只要一听到什么声响，就觉得有人要打他，他就抱着头逃窜。友灿儿子越是这个样子，孩子们对他越感兴趣，他们就动不动要揍他。这会儿，那帮孩子已追上了友灿的儿子，他们把那孩子团团围住，然后开始慢慢折磨那个孩子。他们有的踢那孩子，有的把小便撒到那孩子身上，有的甚至要那孩子吃牛粪。友灿的儿子哭得嗓子也哑了，不过他的哭声听起来很假，好像不是从他的喉咙里发出来的，哭声里没有任何内容，既没有痛苦，也没有灵魂。要是以往，强牯一定会积极参与的，这会儿强牯站在一旁，面无表情地旁观着。强牯还把目光投向了不远处的解放和萝卜。他发现解放正看着他们傻笑。

解放突然感到头痛了。见到暴力场面，解放的眼前就会浮现自己被砸的那一幕，他看到那从自己头上喷射而出的血液像花朵一样开放。总是这样，自从被强牯砸伤后，每次见到别人打架，他的头都要痛，就好像他们的拳头正打在他的头上。因为头痛，解放再也不能在这里待下去了，那样的话他可能会晕眩过去的。他转身就跑。萝卜不知道解放出了什么事，为什么突然跑了。解放迅速地消失在山林之中。在解放钻入山林的刹那间，萝卜真的觉得解放变成了一只松鼠。

终于又钻到了弹壳之中，这个阴凉而温暖之所，这个黑暗无边的洞穴，这个秘密的领地，这个令人安慰的地方。解放的眼前依旧晃动着他们揍友灿儿子的情形，不过这会儿解放的头已经不痛了。也许因为刚才的狂奔，他感到有点儿疲劳，就闭上了双眼。没一会儿，解放就睡了过去。孩子们揍人的场景进入了他的梦中，只是那个被揍的人变成了解放自己。睡梦中解放的身子在不住地扭动，泪水像小溪似的从他的眼中滚涌而出。

一觉醒来，解放身上的衣服都湿透了。他吓了一跳，一时记不起现在在哪里，猛然坐了起来，结果头重重地撞在弹壳的壁上，痛得两眼直冒金星。他才知道自己原来在弹壳里睡着了。想起刚才那些场景只不过是个噩梦，他长长地嘘了一口气。他从弹壳中爬了出来。四周十分安静，听不到一点儿人声。这会儿那鸟叫声听起来有点怪异，不再是干净悦耳的鸣叫，竟带着一点凄惨的哭腔。他感到从弹壳中钻出来后，原来熟悉的世界似乎有所改变。他抬头看天，天上的太阳还在东边。解放只瞥了太阳一眼，他的眼睛就什么也看不清了，只觉眼前一片漆黑。他想起来了，他钻入弹壳时，天上的太阳应该是在西边的，他一觉醒来，太阳竟然在东边了。他知道时间不可能倒流，他想他在弹壳里至少睡了一天。也许在里面睡了几天也说不定。

不知为什么，解放有一种不祥的预感。解放拧干衣服上的泪水，就向山下跑去。村头出现了新的大字报。解放停下来看了一会，上面的内容令解放傻笑起来。

大字报是针对解放爸的。大字报说解放爸老是半夜三更爬起来打开收音机偷听敌台，他不但听资产阶级的靡靡之音、黄色歌曲，还收听反动派的各种宣传，并在群众中传播反革命言论。大字报因此推论，解放的爸爸盼望着国民党蒋介石反攻大陆。解放一点也不相信大字报所说的。解放爸确实拥有村子里唯一一台收音机（很多人看见这收音机就会眼红），不过爸爸没有收听过敌台，解放爸还警告过解放不要收听敌台。大字报上所说的都是假的，是血口喷人。

他想尽量控制自己不要笑，可怎么也控制不住。解放因此给了自己两个耳光。解放对自己说，你应该哭而不是笑！是不是你的眼泪在梦中流完了，你不会哭了？耳光响过，解放感到脸上火辣辣地痛，他捂着脸向家中奔去。

进入自家院子时，他看到母亲木然地坐在门槛上，双眼无神。她的眼睛看上去很干枯，好像她的眼泪也同样流完了。解放问：

“妈，爸爸还好吧？”

妈妈见到解放就哭出声来。她说：

“你去哪里了呀，你怎么失踪了三天三夜，我找来找去都找不到你。”

“爸爸呢？”

“你爸爸又被他们带走了。不过你放心，你爸爸没事的。”

“他们为什么要带走爸爸？”

妈妈没回答他，妈妈说：

“解放，这几天你死到哪里去啦？我担心得要死。我问萝卜，萝卜告诉我说你变成了一只松鼠。”

“萝卜他娘的才变成了一只松鼠。”

“解放啊，你脑子被强牯砸坏了呀，你不要出门了，不要让妈担心啊。我怕你找不到家。”

解放不想再理睬母亲。自从他被砸了后，母亲总是把他当成白痴。虽然他时刻要傻笑，但他不是白痴。解放向队部奔去。解放跑得飞快，有一刻，他觉得自己都要飞起来了。一会儿，解放来到队部。队部的门关着，有一帮孩子俯在门边透过门缝朝里张望。他们见解放到来，都用奇怪的眼神看他。解放知道他的父亲就关在里面。解放不想和那群孩子挤在一起。他转到队部的后窗，爬到窗上往里瞧。他看到守仁正点着烟，拿着棍子绕着解放的父亲转了一圈又一圈。守仁总是这样，他教训人的时候，总是学电影里国民党的样子，好像他是中美合作所的一个打手。

解放爬在高高的窗台上，他蜷缩其上的样子就像一只飞到围墙上的母鸡。那帮孩子也来到屋后看热闹，他们站在窗口下，抬着头，叽叽地笑。解放没理他们。他知道他们在幸灾乐祸，他们总是这样，他们是强牯的帮凶，也许还是强牯让他们来这里嘲笑他的呢。

有一个孩子对着他高喊道：

“解放，你爸这回完了，你爸不但听敌台，还是个大流氓。听说你爸在守仁家的墙头画毛主席像，画着画着，就从守仁家的窗口爬了进去，和守仁的老婆搞上了。你爸真是个流氓啊！”

解放的脸一下子黑了。虽然脸上依旧在傻笑，眼睛却没有笑，眼中藏着一把愤怒的剑。解放几乎是从窗口滚下来的，向那喊叫的孩子冲去。那孩子见势不妙，连滚带爬地仓皇逃遁。孩子们知道自从解放被强牯砸伤以后，他的脑子有问题，身上有一股子天不怕地不怕的劲儿，经常像一只受了惊的公牛那样横冲直撞，再加上那阴阳怪气的傻笑，孩子们都有点憷他。

解放没去追那个孩子，他来到队部门前，嘭嘭嘭地敲门。他喊道：

“开门，开门。”

守仁叼着烟，把门打开，一看是解放，皱了下眉头。在守仁审问的时候，没有人敢来敲门，只有像解放这样的傻瓜才敢。他听说解放被强牯砸开了脑瓜子，被砸傻了。他不知道这个傻瓜想干什么。他嚷道：

“叫什么，叫什么。”

“为什么把我爸关起来，我爸画了那么多毛主席的像，你们为什么还要抓他？”

守仁没理睬解放，砰地把门关上了。解放的头部被门重重地撞了一下。解放心有不甘，还想同守仁论理，又嘭嘭嘭地敲起门来。解放敲得十分激烈，门一直没开。他持续敲了五分钟。

门突然开了，守仁的脸像煤那样黑。守仁说：

“反啦，你这么大点儿的人还想造反啊。”

守仁迅速爬起来抓住解放，拎了起来，然后一把掷在队部的广场上。解放落地，击起白白的一片扬尘。解放感到屁股骨酸痛酸痛的。广场上迅速围过来一群孩子，他们在离解放不远处站住，目光在守仁和解放之间游移。萝卜也在其中。

守仁叫道：

“你再来敲，我就揍死你。”

守仁看了眼远处的孩子，又说：

“小子们，这个傻瓜，这个新生反革命的儿子是个捣乱分子，你们好好收拾收拾他。”

远处，那些孩子的眼神里有一种单纯的冷漠和仇恨。

这时候萝卜来到解放跟前，说：

“解放，你还是快走吧，你瞧他们正看着你呢，你再不走，他们说不定真的会揍你一顿呢。”

远处孩子们的眼神锐利而无情，扎向解放，犹如扎入身体的玻璃碎片，极富攻击性。解放知道有守仁这句话，他们真的会围攻他的。他迅速从地上爬了起来，向山中跑去。解放的衬衫像风筝那样升起来，升得比他的头部更高，然后融入天边的白云中。

这是黑暗之所，像夏天的水一样温暖的地方，没人知道的安全的港湾，遍布着弹药气味的让人能产生飞翔之感的洞穴，解放像一只老鼠那样蜷缩在里面，他的头缩在他的肩膀里，他的背佝偻着，他的手捧着脚踝，他整个变成了一个圆球。解放不知道自己在弹壳里躺了多久，他不想再出去了，他害怕出去。他闭着眼睛，他看到，在弹壳之外，在黑暗之外，他们的眼睛在天空飞舞，像一把把明晃晃的刀子，他觉得只要他钻出弹壳那些刀子便会刺入了他的肌肤。他感到自己正在缩小，慢慢缩成了一团水，最后变成了一缕蒸汽。

后来，他感到蒸汽又凝结成了水，水又胀成了一个圆球。他感到自己在黑暗中伸直了双腿，双手也舒展开来。他听到了自己在黑暗中发出的声音，这声音一开始有点胆怯有点沮丧，慢慢地变得镇定和坚硬起来：如果你父亲真的成了一个反革命，你就完了，所以，你要自救。你必须成为一个了不起的人，你要干些别人干不了的事情出来，这样就没人敢欺负你了。

听到这个声音，解放感到一阵激动，好像那个声音是领袖发出的，让他有想流泪的感动。他看到自己钻出了黑暗的洞穴，然后挖开一块石块，又扒去了一些泥土，取出那只铁桶。铁桶里盛满了黑色的炸药。他取了大约半斤炸药，然后把铁桶重新埋好。

“解放，你在哪里啊。解放，你到哪里去了啊。”

一天晚上，萝卜听到解放的母亲在村子里叫唤。萝卜这才想起已经有几天没见到解放了。解放去哪里了呢？他很好奇。他已经睡下了，不过他还是从床上爬了起来，来到解放母亲身边。萝卜想弄明白解放出了什么事。解放母亲说：

“解放不知道去哪里了，他失踪了呀。以前他也突然失踪两三天的，这次都失踪一个礼拜了，我不知他到哪里去了。萝卜，你知不知道他在哪里，他不会出事吧？”

萝卜不知道解放在哪里。萝卜想起他们都在说解放变成一只松鼠在林子里跑，他想，也许他们说的是真的，解放真的变成了一只松鼠，这会儿可能在满山遍野撒野呢。萝卜觉得变成一只松鼠是件不错的事，松鼠们的日子一定过得无忧无虑。萝卜没有把自己的想法告诉解放的母亲。他知道解放的母亲不会相信这种事。

第二天，萝卜路过解放家时，发现解放母亲坐在自家的门槛上哭。解放的母亲边哭边叨念着：

“……我的命苦啊，他爸和别人睡，被抓起来了啊……我的命怎么这么苦啊，儿子也失踪了，是死是活都不知晓啊……”

萝卜听了很难过，他觉得应该帮帮解放的母亲。至少可以安慰她几句。萝卜就悄无声息地来到解放母亲面前，他说：

“你没有去山里寻过吧？解放一定在山里面。”

解放的母亲吓了一跳，她没有料到有人会同她说话。自从解放爸被关起来后，已很少有人主动和她聊天了。她止住了哭，充满乞求地看着萝卜：

“萝卜，你是不是知道解放在哪儿？你一定知道解放在哪儿！”

“我不知道，不过他们说……他们说……解放变成了一只松鼠。信不信由你，他们都这么说的，他们看见解放变成了一只松鼠消失在山林里。”

解放的母亲悲怆地干嚎了一声，哭诉道：

“萝卜，你干嘛要骗我，解放怎么会变成一只松鼠呢。”

萝卜被她的哭声弄得有点不知所措，他说：

“不骗你的，我为什么要骗你呢，他们都这么说的呀……你不要哭，我们去山上找，说不定解放又会变回来呢。”

解放的母亲看了一眼萝卜，说：

“你愿意陪我一起去找？你知道解放在哪儿？”

“我说过，我不知道。我不骗你的。不过，我可以陪你一起去找。你不要再哭了，哭有什么用呢。”

萝卜说着就去拉解放的母亲的手。解放的母亲看上去已没了主意，她像个孩子一样跟着萝卜，向村子西边的群山走去。

她满眼期待，仿佛她这样跟着萝卜就一定能找到解放。

萝卜领着解放的母亲刚走到山脚下，强牯跑了过来。强牯是见萝卜带着解放的母亲往山上走赶来的。强牯问：

“萝卜，你他娘的又在搞什么鬼?”

“我陪她去找解放。”

“你怎么知道解放在山上?”

“他们说解放变成了一只松鼠，我们去山上叫解放，让解放再变回来。”

“你他娘的真蠢，你这是搞迷信，人怎么会变成松鼠?”

解放的母亲一直没有理睬强牯。解放的母亲认为儿子失踪同强牯那一砸有关系，是强牯把解放砸傻了，解放才失踪的。可是解放的母亲见到强牯还是忍不住伤心地哭了起来。这段日子她总是哭。她感到她除了哭以外没有别的办法了。

强牯听到解放母亲哭声，回过头来说：

“你不要听萝卜胡说，解放不会变成一只松鼠的。解放肯定也不在山上，我已带着小伙伴们去找过了。我们找遍了整座山也没有解放的影子。”

强牯说的是实话。他确实带着孩子们去山上找过解放。他听到解放失踪的消息后很不安。自从他砸了那一下后，解放就变得神经兮兮的，现在又失踪了，他认为自己脱不了干系。强牯因此非常想在山中找到解放。如果能找到解放并亲自把解放送到他母亲面前，强牯会感到高兴。然而他没有找到解放。解放没在山上。一定不在山上。

他们三个人一起向山林里走。他们不停地左顾右盼，怕寻找不仔细而漏过了解放留下的蛛丝马迹。正是盛夏，植物的叶子和杂草绿得发黑，林子外的空气好像凝固了一样一动不动，不过在林子里不时有一些凉爽的风蹿出来，让他们感到身体舒爽了些。萝卜认为这是阴风，似乎同解放有某些联系。当他同强牯说出这一想法时，强牯狠狠地踢了萝卜一脚。强牯说，你他娘的不要装神弄鬼。强牯的话还没说完，萝卜又叫了起来，呀，你们瞧，一只松鼠。另外两个人也看到了不远处一棵树上有一只松鼠正在朝他们张望。那只松鼠好像认识他们，一直在观望他们。一会儿它撮起鼻子，好像在嗅他们身上的气息。萝卜觉得它的眼睛很熟悉，很像解放那双警觉的眼睛。萝卜因为有了这个想法而感到害怕。这时，他听到了解放母亲又一次哭出声来：

"解放，解放，是你吗？难道你真的变成了一只松鼠？"

那只松鼠一眨眼就消失得无影无踪。

解放的母亲似乎已经相信儿子变成了一只松鼠。这会儿她哭得比任何时候都要伤心。她哭道：

"解放，你在哪儿，你回来呀，你在哪儿啊。"

一会儿，那只松鼠第二次出现在他们面前。萝卜和强牯已经认得它了。那是一只有着火焰一样艳丽毛发的红松鼠，它的尾巴高高地翘起着，它的额头有白白的一块，这是火红毛发中唯一的一块白色，非常醒目。那只松鼠似乎一直在跟随他们。

当那只松鼠第三次出现时，萝卜有点害怕了。萝卜说：

"强牯，你瞧，那松鼠又出现了，也许他们说的没错，解放真的变成了一只松鼠。"

这回，强牯没有吭声。

萝卜现在总是往村头跑。解放失踪已经有两个月了，村里的孩子几乎把这事忘了，但萝卜没有忘记。萝卜总觉得解放并没有远离这个村庄，他隐约感到解放有一天会突然出现在他的跟前。他在村头盼望解放的到来。

萝卜曾向孩子们说起过这个想法，遭到了孩子们无情的嘲笑。孩子们已经把解放当作一个不在世上的人了。他们中有的人甚至已经想不起解放的模样了，好像解放是一个年代久远的人物。萝卜却时刻想着解放。萝卜有一天问强牯：

“强牯，你说解放还会回来吗？”

萝卜的问题令强牯不安。解放的突然失踪让强牯感到人生的某种怪异之感，就好像他生活中的某个部分突然消失了。这件事他有点想不明白。他也不想自己想起这事。他因此对萝卜的问题十分厌烦。他骂道：

“你他娘的有病，你又不是解放的娘，要你操什么心，解放的娘变成了祥林嫂，你难道也想变成祥林嫂？”

萝卜觉得强牯有点古怪，突然发那么大火，莫名其妙嘛。萝卜认为他不会成为祥林嫂，因为他是个男的。不过，解放的母亲确实有点不对头。她受到的打击太大了，换谁都会受不了。她的丈夫终于被定为新生反革命分子，被革命群众批斗了几次。他们把他判定为一个国民党指派的敌务。这之后，她就不对头了，看上去呆呆的，逢人便说，她的儿子活着，她的儿子变成了一只松鼠。不过她还没疯掉，她一直还在生产队里劳动。如果她疯了，她是不会去劳动的。

萝卜常常一个人待在村头。他看到强牯往山上跑，他也想跟去，强牯却不愿萝卜跟着。萝卜想大概因为自己没完没了地提起解放，强牯厌烦了。有一天，有一个孩子对萝卜说，强牯和那个长辫子的女孩子好上了，强牯常带那女孩往山里跑。萝卜这才知道强牯不愿他跟着的真实原因。萝卜对那个长发女孩也很有好感，他对强牯很羡慕。萝卜想，如果解放知道了，解放一定也会很羡慕，因为解放也喜欢那个长辫子女孩。萝卜对这件事没感到任何意外，有一回，他和强牯坐在粪坑上大便时，强牯还严肃地和他讨论过这个女孩。讨论时强牯话锋一转说他下面已有一层淡淡的毛了，问萝卜有没有。萝卜红着脸回答说，他还没有。

只要站在村头，向南望去，目光就可以抵达遥远的地平线。很少有人进入视野，因为少有人来这个村子。进入视野的是天上一动不动的白云，白云下面飞翔的麻雀，绿色的田野，田间交叉的河流，河流边的杨柳以及和地平线连接的一条弯弯曲曲的机耕路。

一天，一些黑点出现在地平线上。见此情景萝卜心跳加剧。他感到有一些什么事情将要发生。以往地平线上出现的只是一个或两个黑点，不会像现在这样出现黑压压的一片。萝卜爬到树上向南瞭望。他看得更清楚了一点，是一支队伍，还是报喜的队伍，因为他听到了敲锣打鼓的声音。果然，没一会儿，锣鼓声越来越响，那支队伍走在弯弯曲曲的道路上，离村庄越来越近。

别的孩子也都听到了锣鼓声。他们纷纷爬到树上，像鸟儿那样栖息在枝丫上。他们在猜测这究竟是一支什么队伍。这时，攀援在香樟树上的萝卜大声地叫起来：

“解放，呀，是解放。解放坐在担架上，他的胸前挂着一朵大红花。”

别的孩子们也都看到了解放。他们见到解放有一种做梦的感觉。他们对解放突然出现有点不能适应。

那支队伍终于走进了村庄。没错，担架上坐着的胸口挂着大红花的人确实是解放。解放的头和脚都缠着绷带，很像电影里溃退的国民党士兵。解放的身边还躺着一支金属拐杖。孩子们不知道解放出了什么事，他们看到解放的脸上挂着灿烂的微笑，而不是以前的那种傻笑。解放的笑容中透着一种说不出来的满足感。解放很远就在向孩子们招手，他的样子看上去像一个大英雄。抬担架和敲锣打鼓的都是成年人，他们的笑容一样灿烂，好像他们刚刚亲自发射了一颗人造地球卫星。

这支队伍在解放的指点下向队部走去。孩子们尾随其后。孩子们已经猜到解放在其失踪的这些日子干了件了不起的事，不然他们不会敲锣打鼓送他回来。不过孩子们没有表现出过分的热烈，解放向他们招手时，他们并没有回应。这同解放的父亲不久前被定为新生反革命有关，他们可不想欢呼一个新生反革命的儿子。要说孩子们的表情十分冷漠也说不上，他们对解放究竟干了什么还是好奇的。一会儿，队部就到了。

担架已经放在地上，解放从担架上站了起来。他是靠那金属拐杖支撑着才得以站稳。那条缠着绷带的腿明显地短了一截。

孩子们猜测解放的脚断了。其中的三个外乡人表情庄严而诚挚地走进了队部办公室。解放不时地看着屋内，脸上有一缕焦灼之色。锣鼓声并没有停下来，他们站在队部的广场上依旧在起劲地敲打。村里人听到锣鼓声陆陆续续地赶来，他们见到解放的模样相当吃惊。解放似乎早已料到他们会有这种反应，没理睬任何人，好像他已完全不认识这村子里的人。

一会儿，三个外乡人从队部的办公室出来了，他们的表情完全变了样，刚才的庄严和诚挚不见了，脸色变得漆黑一片，就好像他们上了一个大当。同他们一道出来的守仁也黑着脸。有一个外乡人对敲锣打鼓的人挥了挥手，示意他们不要再敲。然后对他们说，我们回去吧。

就在这时，解放的母亲赶了过来。她显得非常着急，像一只饥饿的猎豹那样扑向解放，仿佛要把解放吃了。她在路上已经听人说了，他们说解放的一只脚没了，被一帮人抬回来了。她抚着解放那只短了一截的脚，叫道：

"解放，你怎么啦，你怎么成这个样子了，你的脚呢？"

没等解放回答，解放的母亲又蹿到外乡人面前，把为首的外乡人抓住，问道：

"你们怎么搞他了，他是个孩子呀，他的脚呢，他的脚在哪儿呀。"

外乡人的脸色全白了。他们完全理解一个母亲的激烈反应。他们送这个孩子回来时已想到了这一层，他们希望给予这个孩子的荣誉可以平复作为父母的悲伤。现在看来是不可能的了。这个村子里没有这个想法。孩子的父亲已成了一个新生反革命。

他们不可能让一个新生反革命的儿子成为一个英雄。外乡人被解放的母亲拉扯着，不知如何是好。解放突然对他母亲喊道：

“你想干什么！你捣什么乱！”

所有的人都安静下来，看着解放。守仁不以为然地对广场上的群众和孩子们说：

“去去，都干活去，有什么可围观的。”

守仁在赶群众走。解放的目光一直追踪着守仁。解放眼中突然涌出了泪水。

解放拄着拐杖走在村子里。总是有孩子远远地跟着他。解放听到他们发出嘻嘻哈哈的笑声，觉得他们太不严肃了，他们不能用这样的态度对待一个英雄。他很想跑到他们面前，告诉他们他干了一件多么了不起的事。他控制了自己。他在等待一个正式的场合，村里或学校组织的集会上，他们把他当作一个英雄隆重地推出来。他认为他的英雄事迹足以让他有资格给他们做报告。

解放终于回来了，萝卜很得意。这说明他的预感是完全正确的。萝卜就在孩子们中间吹牛，你们还不信，我说过解放会回来的。不过萝卜并不知道解放失踪的这些日子都干了什么惊天动地的大事，有一天，他就问解放，解放骄傲地回答：

“你等着听我的报告吧。”

“你将在哪里作报告呢？”

“村里或学校都可以。”

一连几天，村里没有任何动静。解放就有点急了。事情没有朝解放希望的那个方向发展，人们对他的回来似乎无动于衷。解放一直保持着一个英雄应有的严肃。虽然他依然会像以前那样不自觉地傻笑，不过现在他的傻笑里多了一份骄傲和尊严。孩子们都知道解放想作报告，他们不知道村里或学校是不是会作出安排。如果学校或村里安排解放作一次报告，那么解放无疑就是一个真正的英雄；如果不作安排，解放只不过是一个新生反革命的子女，照样一钱不值。解放知道孩子们的这种想法，他因此很着急。

解放看到有几个学生在打扫学校那间破旧的礼堂，还有几个学生正在向礼堂里搬凳子。一会儿他们又把一台机器搬进了礼堂里。解放不知道那是什么机器，他猜想可能是扩音机。解放一下子激动起来，他认为他们正在为一场报告做准备，也许过不了多久，那秃头校长就会来请他作报告呢。解放在礼堂外转了转，周身被一种几乎眩晕的幸福感笼罩。他按捺住激动，回到教室，耐心地等待那一刻的来临。他的脑子里充满了想像，他看到了自己作报告的样子，他甚至看到那一刻他的身上放射出了光芒。他忍不住咯咯咯地笑出声来。

令解放失望的是一直到傍晚都没有人来请他。他到礼堂张望了一下，原来他们在放一部叫《决裂》的电影。

解放想，他不能等着他们来安排，他应该主动去要求。他干了这样了不起的事情，他有权去要求。解放决定去一趟秃顶校长的办公室，同校长好好谈一谈。

校长对解放的到来很吃惊。不过他马上猜到解放是干什么来的。学生们已经向他汇报过了，他们说解放想在学校里作一个报告。校长没想到解放会找上门来。校长知道这个学生脑袋被砸后，变得十分固执，经常干出不可理喻的事。

解放已在校长面前坐下来。他的傻笑中似乎隐藏着一股强大的意志。一会儿，校长问：

“你有什么事吗?”

“我要作报告。我要给学生作一场报告。”

校长向后仰着打量解放，好像要把解放看小了。校长想，这肯定是个头脑超常的家伙，没有一个人会提这样不谦虚的要求。校长突然对眼前的这个人有了兴趣。他听人说，这个孩子为了当英雄而炸断了自己的脚。他倒要问问，他究竟干了些什么事。

“解放，你想做报告？你先给我作一场如何?”

“我要对着所有的学生说，我不能同你一个人说。”

“你不同我说你的英雄事迹，我怎么能答应你给学生作报告呢。”

“你难道没有看见他们敲锣打鼓送我回来吗？要是我不是一个英雄他们会送我回来吗?”

校长噎住了，他想，固执的人自有逻辑，这逻辑自成系统，很难辩驳。校长突然失去了兴趣，不耐烦地说：

“你不肯说就算了，你回去吧。”

解放没走，他拄着拐杖立在那儿，就像铁塔那样纹丝不动。他愤怒地看了校长一眼，然后说：

“好吧好吧，我简单给你说一说，不过，我不会全部告诉你，我只有在给他们作报告时，才会全部说出来。”

校长冷笑了一声，说：

“随你便。”

校长的冷淡态度让解放不知从何说起。他张开嘴，却吐不出一个字。好像这会儿解放突然失去了说话的能力。

“解放，你怎么啦？”

“我不知道从哪里讲起。”

“这样吧，我来问你，你回答我，好吗？”

解放双眼直愣愣地瞪着校长，没有表态。

“听说你的脚是被埋在铁路上的定时炸弹炸断的，是这样吗？”

“是的。”

“是谁埋的定时炸弹？”

“不知道……一定是反革命分子。”

“你是怎么发现的呢？”

“我一直在铁路边走，我听到耳边满是嘀嘀嗒嗒的钟声，后来我意识到那是定时炸弹发出的声音。我想，一定是阶级敌人想搞破坏，把炸弹埋在了铁轨下。”

“所以，你就把它挖了出来。”

“对，可是我一碰到炸弹，炸弹就爆炸了。”说到这儿，解放似乎不耐烦了，他皱了皱眉头，飞快地说，“我昏了过去。我醒来后，发现自己在医院里。他们告诉我，我是一个英雄。他们说炸弹把铁轨炸断了，把我自己的腿也炸断了。我挽救了一列车人的性命，因为那辆列车知道前面出了事故，所以在远方停了下来。他们因此说我是一个英雄。我知道任何人碰到这种事都会这么干，我做的事微不足道，但他们把我当成了一个英雄。”

解放说话的时候一直没有看校长。校长的那双深陷的眼睛锐利而多疑，解放不喜欢校长的眼神。解放知道，这会儿校长那双探究的眼睛像两只令人讨厌的苍蝇在围着他打转。解放意识到校长并没有相信他。

校长清了清嗓子，转了话题，问道：

“你为什么突然离家出走了？你这段日子一直在哪里？一直在铁路边转？”

解放的脸红了，他不想回答校长这种无聊的问题。

校长却不放过他，又问：

“你一直在铁路边转吧？”

解放被问得有点烦，他说：

“你这是什么意思？”

“你说我是什么意思？”

解放抬起头看校长。看着校长那张自作聪明的脸，他很想在那脸上揍一拳。他已经对校长不耐烦了。不过他忍住了。沉默了一会儿，解放说：

“我都告诉你了，这回你应该让我作报告了吧？”

“你走吧，我们再商量商量。”

“你说话要算数。”

“解放，你也知道，这个事难办。你是不是个英雄要上级来定。”

“你他娘的在寻我开心吗？”解放火了。

校长绷起了脸，高声斥道：

“解放同学，你现在在同老师说话。”

解放的脸越拉越长，他的双唇在不住地抖动。他突然举起那只铁拐，劈头向校长砸去。

现在，解放越来越喜欢躺在黑暗的弹壳里了，只有待在那个无人知道的远离现实的处所他才会平静一些。他们并没有把他当成一个英雄，他们也没有打算让他作报告。关于他打校长的事人人都知道了，他们围成一堆一堆在谈论这件事。他们的表情奇怪而夸张，就好像解放是一道他们猜不出来的谜语。他们因此对解放更加好奇，他们在看解放的目光里有一种冷漠的探询，就好像解放是放大镜下的一只蚂蚁。解放不由自主地逃到他的领地，他的弹壳中来。但即使躺在弹壳中，他依旧感到心脏不适，心跳快得像要从胸口飞出来。他使劲呼吸，他听到自己的呼吸声在弹壳里听起来很沉重，像冬天夜晚窗外呼啸的西北风。他闭上眼睛。他在黑暗中看到自己站在礼堂的讲台上，底下坐满了学生。接着他听到了自己的讲话声。一会儿他才意识到他只是在弹壳的黑暗中独自说话。虽然用了作报告的语调，也只不过是自言自语。然而解放怎么也停止不了自己的说话，他一直在不停地说不停地说。这段日子他的心里一直盘桓着那个报告，他觉得不讲完自己会憋死。他终于一口气把这个报告讲完了。他听到台下潮水一样的掌声。他的泪水顿时落了下来。他感到他的心再也不发慌了，呼吸也均匀了。他从黑暗的弹壳中钻了出来。

解放几乎远离了所有的孩子。

他发现他们在他背后学他一拐一拐地走路。连萝卜也在模仿。他本来想追上去用铁拐杖砸他们的，但他觉得他不可能追上他们，只好作罢。他想虽然自己的脚崴了，不过还是有一点用，至少让他手中有一个铁家伙，要是没有这个铁家伙，他们也许会像欺负别的四类分子子女那样围攻他。

解放向山上走去。就像电影《南征北战》所描写的，拐脚的人爬山都特别快。一会儿，那些人就见不着他了。

解放现在有了一个他不能控制的习惯，在没人的时候，他就要大声说话，做作报告状。他不但在弹壳里不由自主地这样，走在没人的林子里也忍不住演讲。只要周围没人，他就要讲话，直到慷慨激昂地把报告作完。

有一天，解放左右前后观察了一下，见周围没人，就开讲了。刚说了个开头，他就听到背后有人叫他。是萝卜的声音。他不想有人看到他独自一个人在作报告，马上就憋住了话头。因为忍住讲话需要一点毅力，他的脸因此涨得通红。

“你来干什么?”

“我听到有人在说话，我就过来了。解放，你刚才在同谁说话？你干嘛说得那么响？解放，你是不是在作报告？你是在练习吧?”

“我不用练习。”

“解放，你还是死了心吧，他们不会让你在学校里作报告的。”

解放没吭声。

“你为什么一定要在学校作报告呢？你如果想作报告的话，你可以……这样吧，解放，我很想听听你的故事呢，你给我一个人作一次吧，他们说你是因为挖定时炸弹受的伤，是不是这样？”

解放突然觉得全身发痒，演说的欲望控制了他，他傻笑起来，笑着笑着，眼眶就泛红了。

“解放，你就给我说说吧。”

解放站在萝卜面前，准备开口说话。但他又一次像是哑了一样，他发不出一个音节。他张着嘴巴，脸上是那种痛苦而奇异的笑容。

孩子们都知道解放想给他们作报告。现在他们还知道解放对着他们连一个字也说不出来。他们有了嘲笑解放的新角度和新方法。他们跟在解放的后面，高声叫道：

“解放，解放，给我们作个报告吧。”

这样叫喊的时候，他们高兴的样子像是捡到了一块金币。他们也没忘记学着解放一拐一拐地走路。他们摇摇摆摆的样子就像那种带着弹簧的玩具人。解放知道他们在嘲笑他。解放想，他们的胆子越来越大了，开始他们只在背后议论我，现在他们竟然明目张胆地嘲笑我，过不了多久他们就要攻击我了，我该怎么办呢？

有一天，解放的母亲发现了孩子们在捉弄解放，就冲了过来。她高叫道：

“你们为什么要这样，解放已这个样子了，你们还要这样对待他，他被强牯砸傻了，他又炸断了腿，你们不可怜他，你们还要捉弄他。”

说完，她呼天喊地地哭了起来：

“老天啊，这不公平啊。”

孩子们有点被解放的母亲搞懵了，一会儿他们醒了过来，他们想她只不过是个新生反革命的老婆，她没权力训斥他们。于是他们把解放的母亲团团围住，开始用革命口号对付解放的母亲。有人甚至动手推搡她。解放的母亲见势不妙，顿时泄了气，缩在那里，完全傻了，模样很像一只受惊吓的兔子。

解放看到了山下的这一切。他看到母亲被他们推倒在地时，想也没有想，就冲下山去。由于动作太快，他失去了重心，结果像一只皮球那样滚下山坡。他举起铁拐杖，向孩子们冲去。孩子们见状，像苍蝇一样一哄而散。解放的眼中布满了空洞而痛苦的泪水。

解放的母亲从地上爬起来，试图抱住解放。解放挣脱了她。他一拐一拐向山上爬去。母亲在背后喊：

“解放，你老是待在山上干什么呀，你逃不走的呀。”

解放走在山上。天空湛蓝，看着这蓝天，他觉得身体变轻了，仿佛这蓝天有着巨大的吸引力，会把他吸走。我如果被吸上了天空会变成什么呢？也许会变成一朵白云，也许会变成一缕青烟。有几次他甚至觉得自己已经飞起来了，结果他发现根本离不了大地，他只是在黑暗的弹壳中做梦。解放想，也许变成一朵白云或一缕青烟是一件不错的事情。

现在解放总是躺在弹壳里面。他想永远这样躺下去。他知道要是他不再爬出弹壳，那他也许真的会变成一朵白云或一缕青烟。他们说，人死后灵魂会变成一缕青烟飘到天上。也许根本没有所谓的灵魂，不会有什么青烟出现，只留下一具冰冷的尸体。但他要是从弹壳中爬出来，他们就会没完没了地骚扰他。他们会像在一棵树上刻下他们的记号那样在他的身体和精神上留下他们的印记，那样的话他会变成一棵残缺不全的树。不过他觉得自己已经是一棵残缺不全的树了。

是不是爬出来，最终取决于感官，取决于自己的胃。饥饿的感觉同样会在你的身体和精神上留下印痕。饥饿让胃部变得滚烫，思想会不自觉集中在那个器官，那儿仿佛正有一把刀子在切割每一根神经。解放忍受不住，还是从黑暗的弹壳里爬了出来。

仿佛在弹壳里已待了一千年，解放钻出弹壳的一刹那，他对见到的一切有一种陌生感。他以前没有发现，树木和杂草竟是如此绿，他仿佛能看到一种绿色的汁液在树叶里面流动。那些在林子里飞扬的虫子鲜艳夺目，就好像这些颜色是谁刚刚涂上去的。他本来以为泥土充满了腐烂的气味，现在这气味闻起来清醒温暖，像刚温热的米酒的气息。面对着这一切，他贪婪地呼吸。他在林子里寻找可以吃的东西。这会儿，他觉得自己的胃部填满了各种各样的色彩，就好像他眼中所见都进入了他的胃部，就好像他的胃也长出了一只眼睛。

他找到一只番薯吃下。胃里有了一种真实的食物的感觉后，胃壁轻快地蠕动起来。他听到胃里面正在歌唱着。是什么歌呢？《东方红》？这首歌给人时间感，每次田头广播响起时都会奏响这首歌，这时肚子就会感到饿，因为吃饭的时间到了；《大海航行靠舵手》？这首歌充满了感激和乐观主义情绪，“雨露滋润禾苗壮”，一派丰收在望的景象，似乎也同胃有点关系；《红米饭和南瓜汤》？这首民歌讲的是什么？看歌名你就可以猜到一定也和胃有关。也许这些歌的产生同饥饿相关，那些创作它们的人一定有过饥饿的体验，当他们的胃因为装满食物而快乐地痉挛时，他们就根据胃部的节律而创作了它们。谁知道呢。

解放走在山林里，他一边走一边胡思乱想着。此刻他的脑子特别活跃，什么想法都有。这种感觉就像是喝醉了酒，特别亢奋。可是，没一会儿他碰到一件事，这件事刺激了他，他的亢奋马上转变成了沮丧。

解放在林子的深处见到强牯和那个长辫子女孩在一起。他们手拉着手，唱着一首歌呢。是《英雄赞歌》：为什么战旗美如画，英雄的鲜血染红了她；为什么大地春常在，英雄的生命开鲜花……强牯一直不喜欢唱歌，他的嗓子不好，唱起来像牛在叫。但这会儿，强牯唱得很欢，瞧他的表情，荡着幸福的笑意。看到这一幕，解放感到奇怪，强牯一直都在欺负这个女孩的，这会儿他们却手拉手在一起。解放喜欢这个女孩，如果能拉着这个女孩的手是件多么幸福的事！

他们好上了吗？这是在什么时候发生的呢？这些日子解放竟没有想起过这个有着李铁梅一样长辫子的女孩。以前，解放总要想到她。她的长辫子让他感到温暖。有一回，解放看到她在河边洗头，她的头发披散着，像一匹黑色的瀑布。解放感到这匹瀑布好像落在了他的心里，让他的心头痒痒的。解放过去总是远远地看着她，从不和她说话。每当强牯欺负她时，他就想保护她，同强牯打一架。他和强牯玩不到一块也许同她有关。可是现在这个女孩竟然拉着一直都在欺负她的强牯的手。解放不能理解。也许是强牯强迫女孩这么干的。

这个事情开始吸引了解放的注意力。解放开始盯那女孩的梢。解放在不同场合看见她和强牯在一起。他发现是她主动去找强牯的，强牯并没有强迫她。解放支着拐杖跟在他们后面，心头发酸。他的头脑中出现自己走路一拐一拐的样子。就好像强牯和那女孩子是一面镜子，把解放残缺不全的形象完全照了出来。解放突然感到自己的身体复苏了，那条截去了的腿疼痛起来，接着他的心脏也疼痛起来。

身体的疼痛一直没有消失。即使躺在弹壳之中，他也总是感到那条截去的腿生长着尖锐的痛感。那痛感像一树根那样从他的腿部钻出来，向空间发展。疼痛的树占满了整个弹壳。他明白他的身体是残缺不全的。在这之前他没有意识到自己身体的问题。这会在黑暗的弹壳中，他看到自己的身体变成了一块被剪碎的破布。他感到自己被什么东西击溃了。

如果强牯和那女孩是解放的一面镜子，那他就要砸烂这面镜子。因为这面镜子时时刺激着他。这是解放现在唯一的念头。

解放想，也许他已配不上她，但强牯也配不上她。强牯这么坏的人，这么下流的人怎么配得上她呢？萝卜告诉解放，强牯和萝卜在一起时老是说下流话，强牯还带着萝卜偷看姑娘们洗澡。这么下流的人怎么能配得上她？解放打算和那女孩子谈一谈。解放认为那女孩子应该离开强牯。她应该知道她是一朵鲜花，而强牯只是一堆牛粪。强牯怎么配得上她呢？

解放在山脚下拦住了女孩子。那女孩用惊恐的眼神看着解放。女孩子不知道解放拦住她是为了什么，人们都在说解放的脑子坏了。

“你不用怕，我不会对你怎么样的。我只想告诉你一些事情。”解放说。

“什么事情？”

“我知道你急匆匆干什么去。不过我要告诉你，你不值得去。”

女孩的脸突然红了。她说：

“你在说什么呀，我只不过去山上玩一会儿。”

“我知道山上有人在等着你，你骗不了我，也用不着骗我。”

“我骗你干什么。”

“你不要和强牯在一块，他不是一个好东西，他是个流氓，是个下流坯。”

女孩的脸更红了。她低着头，双手抓着辫子。

“我不会骗你的。强牯配不上你。强牯什么下流话都说得出来。他还偷看姑娘洗澡。看电影时还摸姑娘们的奶。他是个不要脸的人。”

女孩子突然哭了。她说：

“你这是什么意思，为什么要说这些事。”

见女孩哭，解放的心热了一下，他跳着向女孩身边移，想安慰一下女孩。他在女孩的背部拍了拍。他的手触到了她的辫子，他的心颤动了一下，紧接着像犯了疟疾似的全身颤抖，一只手不由自主地在女孩的辫子上抚摸起来。女孩尖叫道：

“你干什么，你干什么。”

女孩慌慌张张地逃离了解放。解放就追了过去。他说：

“你不要跑呀，你为什么要跑。我是真心为你好。我知道我配不上你，但强牯更配不上你。”

解放边喊边追。他不小心摔了一跤。当他爬起来时，发现有一个人站在他面前。是强牯。强牯正冷笑着看着解放。

“你他娘的是不是疯了，你想干什么？”

“我找她说话，不管你的事。”

“你这是癞蛤蟆想吃天鹅肉，你也不去照照镜子，你这样子了还同我争风吃醋。”

解放听了这话，气得发抖，他举起拐棍向强牯砸去。强牯让了一下，然后抓住了解放的拐棍。强牯说：

“我不同残疾人打架。你被我砸了以后，我就对自己说不再同你打架。我知道你很倒霉，老实说，我很同情你。不过，你不要把我迫急了。你不要再惹我。”

强牯说完，把拐棍一掷，回头就走了。他来到不远处正在哭泣的女孩身边，安慰女孩。一会儿，他拉着女孩的手，消失在解放的视线中。解放捡起拐棍掷向他们。

有好一阵子，解放的脑子一片空白，只有强牯那张不屑的脸一直在他眼前晃动。这张脸像乌云那样覆盖了他。他木然站着。他还是像往常那样傻笑着。他知道自己傻笑的样子有多么可恶可悲。他打了自己一个耳光，骂道，你他娘的还笑！

已经是初秋时节了，虽近黄昏，阳光依旧悠长明亮，充满热力。解放坐在弹壳上看着四周。周围的一切明晃晃的，就好像那些树上长出了无数面镜子。林子里照例有鸟儿翅膀的扑打声和它们的鸣叫声。不远处的田野上，两只小牛牯在斗角，它们的脸上沾满了血迹，它们血红的生殖器都展露在了外面。一些孩子在一旁看着热闹。解放不知道两头牛谁能赢。

慢慢地，解放的思维又回来了。他不由自主地想：

“我知道我失败了。我已经不是强牯的对手。我的身体废了，我知道他们怎么对待一个残疾人，他们现在不会叫我的名字，他们就用‘那个拐脚’称呼我。他们还叫我傻瓜、白痴，还叫我小反革命。这些称呼会跟我一辈子。我失败了。我本来以为他们会把我当成英雄，这已经是不可能的了，他们只把我当成一个可怜虫。”

两头牛还在相互攻击，一头牛已躺在地上，另一头牛没有放过它，使劲地用锐利的角顶它。解放能想像到那躺在地上的牛眼里一定布满了绝望。他的头脑中又出现了强牯那张得意的笑脸。他觉得那笑脸就像一把剑一样刺在他的胸膛里面，令他窒息。“我已经斗不过他了，如果我的脚没断，我也许可以把他打翻在地，把他打得就像那头绝望的牛，现在我再也对付不了他，他甚至不用费太大的力气就可以制服我。这世界没有公平可言，现在我成了这个样子，而他却和那女孩手拉着手在乐。”

“不过，我不会放过他，让他乐吧，他不会有很多时间了。”解放对自己说，“我肯定不会放过他，即使我打不过他我也不会放过他，除非他在我面前突然消失，除非他被一阵风刮走，否则，我决不会放过他。他是我在这个世界上唯一的仇人。”

不过解放有点搞不清他对强牯的仇恨来自哪里。他努力回忆都想不起自己为什么那么恨强牯，除了砸在他头上的那一下，强牯其实并没有更多地伤害过他。但他就是恨强牯。他恨透了强牯。

一天马上就要过去了。天慢慢暗了下来。一切隐匿不见。远处村庄点起了灯。解放还是一动不动坐在那里。他的眼前挥之不去的是强牯那张得意的笑脸，仿佛这张笑脸隐藏在每一片树叶中。那张笑脸堵住了他的气管，让他有点喘不过气来。这让他感到恼怒。他突然吼道：

"让你笑吧，你不会笑很久了。"

时光在慢慢流逝。他看着月亮升起来，从树梢的这一头移到了那一头。这时，他站了起来，走到弹壳附近的一块石头边。那底下埋着那桶火药，那桶黑色的TNT。他把石头移去。火药的气味像烈酒那样蹿入他的鼻腔，他的肺部，他的心脏，他的血液，他仿佛感到自己的身体在膨胀。他突然对着眼前那张晃动的笑脸说：

"看你得意到哪一天。"

这天晚上，村子里的人被一声巨大的爆炸声惊醒了。他们纷纷从床上爬起来，向爆炸声方向奔去。他们发现强牯家的阁楼已被炸飞。强牯的父母亲没睡在阁楼里，所以没事，但强牯不知去向。强牯的父母哭泣着在残垣断壁里寻找强牯，他们没有找到，就好像强牯被炸上了天。最后，还是从城里赶来的警察发现了强牯。强牯正躺在离家一百米远的一堆草垛上，已血肉模糊。强牯被送进医院。

这天清晨，人们发现解放又像上次那样失踪了。人们自然把这个爆炸事件和解放联系在了一起。城里的警察为此还发了通缉令抓捕解放。解放一无踪影。

一个月以后，强牯从医院里出来了。强牯的一条腿被截掉了，他拄着解放那样的一只拐杖，只不过强牯的拐杖是用木头做的。村子里的人没有找到解放，城里的警察也一无解放的消息。村子里的人认为这次解放可能会永远失踪，只有解放的母亲总是站在村头，盼着解放会突然归来。关于炸药的来历，警察审问了解放父母多次，没有审出结果。炸药的来历和解放的失踪都成了一个谜。

一天，萝卜和强牯在山上玩。他们有一句没一句地闲聊着。后来他们说起了解放。

“强牯，你说解放的炸药从哪里来的呢？”

“不知道。”

“解放为什么要炸你们家呢？”

“我不知道，也许他是报复我吧。他被我砸了一下后一直恨我。”

“他被你砸了后确实有点古怪，你不觉得他怪吗？”

“是有点怪。”

“他被你砸了后来老是往山上跑，他们还说解放变成了一只松鼠呢。”

“谁知道。”

“他们还说那铁路上的炸药也是解放放的，解放是自己把自己的腿炸断了。”

“我不知道。”

他俩几乎同时看到一只松鼠在前面跳跃，松鼠不断回过头来观望他们。萝卜认出了那只松鼠，就是上回他们见到过的那只，瞧它头上的那块白，一眼就能认出来。他们紧跟着松鼠。松鼠的跃动不紧不慢，和他们保持着一定的距离。他俩跟着它走了好长一段山路。

“强牯，你瞧，这松鼠认得我们呢，也许它真是解放变的呢。”

“我不知道。”

萝卜被什么东西绊了一下，重重地摔倒在地。那松鼠迅速蹿入林子里，消失无踪。萝卜不知道什么东西绊了他，他撩开一些藤蔓，发现一片巨大的金属块。萝卜尖叫了一声。

强牯听到了萝卜的尖叫，回头看到萝卜在敲击那金属块。强牯也用拐杖敲了几下，金属块发出沉闷的声音。他们的心怦怦狂跳起来，他们意识到可能会有一个惊人的发现。他俩谁也没有吭声。一会儿，金属块四周的泥土都被他们扒了去，一枚巨大的炸弹呈现在他们面前。这枚炸弹显然已经有人动过了，炸弹尾部的螺丝都被撬掉了。他俩觉得事情重大，向村庄奔去。

他们带了村里的人来到这枚炸弹边。村里人小心地把炸弹的上部移去。一股奇怪的气味蹿入他们的鼻腔。那气味和发酵过了头的酒的气味有点相像。所有人的目光都投向那枚炸弹，他们发现炸弹里面躺着一个死人。死人并没有腐烂。他的身体上盖着一块红布。红布是用两块红领巾拼接而成。红布上画着五颗用黄色粉笔画成的五角星。

（原载《人民文学》2000年12月）

河边的战争

——童年时期激情、审美和创造

艾 伟

一

回忆童年往事，我总会想起战争这个词。事实上我不可能经历战争，相反整个七十年代在我的印象里似乎显得十分安静，有那么一种神秘的气息，我们沐浴在领袖的光辉与思想之中。同所有乡下孩子一样，我被晒得乌黑发亮、油光可鉴，像非洲丛林里的黑人。那时我们不可能有现在孩子们常玩的变形金刚或奥托曼，对付寂寞的乡村生活的方法之一就是想像或谈论一下逝去的战争或未来的核大战。

对军人和英雄的崇拜贯穿我整个童年和少年时代。学校里有时候会请参加过解放战争或抗美援朝战争的退伍军人来为我们作报告。即使台上作报告的人十分矮小、丑陋，或伤残，毫无英武之气，但在我们眼里，他们无一例外地变得高大伟岸，我们会毫不吝啬地给予热烈的掌声。

那时候，我们迷恋于战争电影。《南征北战》、《打击侵略者》、《渡江侦察记》等几部战争影片我们可以说是百看不厌。

最让我着迷的是《回故乡之路》。这是一部越南影片，现在我已记不清具体内容了，我只记得有个小伙子在回故乡的路上遇到一群美国轰炸机，他就钻进废弃的弹壳里面躲避天上掉下来的像雨一样的炸弹。多么多么的大无畏啊！多么多么地乐观！我甚至能想像出弹壳里硝烟的味道了。同时我深深为自己没赶上大时代而悲哀，和平年代总是风平浪静，生活一成不变。

尚武的风气改造了我们的审美，那时我们认为世上最美的事物就是武器。我们都喜欢谈论最新式的军事装备，当然这些装备大都是道听途说，加入了我们的想像和创造。最近的一次战争是中苏珍宝岛战争，因此我们都喜欢谈论这次战争中我军的英勇善战。一个比我们年长的高年级的孩子不知从哪里搞来了苏式武器的图片，他内行地告诉我们，苏式武器比如战机和坦克都用“T”这个字母开头，他说这个字母读“图”。虽然这些武器都是苏联的，但我们还是认为这样的图片是全世界最美的事物。当时，孩子们中间流行自制火药手枪，在黑夜中打一枪，会在天空划出一条火舌。我当然也拥有一把。这把枪我是自己做的。为了找到用来制作手枪的铜管和铁件，我几乎翻遍了离我们村有七公里之远的小城边上的废弃的金属堆。我的手被扎得伤痕累累。

军服成了世上最美的服饰。我的邻居就是军人之家，他们的两个儿子都参军去了。他们家的门框上有两块“卫国光荣”的牌子。兄弟俩非常英俊，浓眉大眼，穿上军服，那简直像是电影里出来的。

他们家的老二回家探亲来了。他的到来让整个村子的姑娘都丢了魂。老二比过去白净了一些，也更和气一些。我是多么羡慕他。那些日子，我远远地跟着他，像他的一条尾巴。我发现他说话有点怪，带着一点广播里的口音。这也让我喜欢。他们家前面有座小山。晚上，我坐在小山的石头上，看着他家的窗子。他们家的两块匾额在月光中闪着黑色光芒。他们家的窗子一直黑着。后来，楼上的灯亮了，我看到那军人坐在灯下，他的手不停地梳理着头部，另一只手伸得老远。我不知道他在干什么。我以为他在练习我军的某个军事动作。后来，我才发现，这家伙的手上是一面镜子，他纯粹是在臭美。不过，这个动作丝毫没有降低他高大的形象。我觉得他是有资格臭美的，因为他穿着军装。他坐在灯下，看上去光芒四射。

我是多么想弄一件军服呀。这个愿望不是我才有，我的同学冯小强也有同样的渴望。有一天，冯小强跑过来对我说，那家伙把军服脱下来洗了，正晾在他家的院子里。我马上明白了他的意思，但我不屑于做这种事，我只同意给他望风。冯小强就爬到他家院子里面，把那件还没干的军服套在自己的身上。他站在那里，那军服把他的脚都遮住了，看上去他像电影里穿着长衫的汉奸。我笑起来，说太丑了太丑了。我一边笑一边假装拍照，嘴上发出咔嚓咔嚓的声音，直到他把军服脱下来，重新晾好。

我盼望有一件合身的军装。这个愿望要等到新年才可能实现。那时，不是随时可以添置新衣服的。那时，买布要布票，布票是定量供应的，置新衣的机会基本上是在过年之前。我们就等着新年快点到来。

新年终于到来了，可那种黄色的布料突然成了紧俏货。村里的供销社很快就脱销了。县城也没有。那些买到布料并做成了军装的孩子骄傲得不得了。有些孩子甚至还没到过年就把新置的军服穿在了身上。他们在军服外面系着一根皮带，皮带上插着自制的火药手枪。那些孩子经常排成一排，在村子里招摇，他们像是村子里的巡逻宪兵。

那些没有买到布料的孩子急得不行。他们缠着父母一定要想办法弄到黄色布料，否则他们宁可不置新衣服。眼看着过年就快到了，父母们开始对孩子们的无理取闹不耐烦了。他们威胁孩子们，真的不给他们添置新衣服了。说是这么说，父母们还是于心不忍的。他们开始想办法。办法总是有的。有一天，那个在城里开火车的名叫德奎的家伙回乡过年来了。每次，他回乡都会带来大包小包的东西，这些东西都是当时的紧缺货，有豆油、红糖或白糖、面粉、火腿等。这次，他好像早就料到了似的，他带来了一大捆米黄色的人造棉布料。他说，这种布现在十分紧缺，他知道孩子们盼着呐。德奎在村里的威信很高，他回到村里，几乎每户人家都要请他喝酒。他整天喝得面红耳赤。他从不喝醉。我当时以为，德奎这么干完全是助人为乐。多年后，父亲告诉我，德奎从城里带来的东西要比商店里贵一点。他也是从中谋利的。父亲说，他这完全是“投机倒把”。

母亲好不容易从德奎那里买到了布料。为此，母亲送给德奎一只鸭子。

我们终于拥有了军服。有了军服，还得有一顶军帽。这时候，我们的审美开始混乱起来，不那么革命了，甚至有点反动。我们觉得解放军的帽子不好看，不够威武。毛主席在延安时期戴的八角帽倒还算不错，但现在我军的帽子太普通了。这真是令人伤脑筋的事情，我们看电影时，都觉得国民党军官的服装比解放军好看，特别是军帽，我军更是没法比。电影里的国民党军官，虽然长得难看，但那军帽还是让他们平添了威武之气。我们都很喜欢打入敌营的我军地下工作者，他们穿上国民党的军服真是英气逼人。那时候，流行一部叫《渡江侦察记》的电影，我军的侦察兵戴着的国民党军帽，那高耸的帽檐，像凌空展翅的机翼，充满威武之美。我们当然不可能弄一顶国民党的帽子。但我们有的是办法。我们从山上搞来一些细竹竿，或者弄一些铁丝，盘圆了，弹在帽子的顶上，于是，那帽子的上檐像随时发射的炮弹一样向外伸展出一个优美的轮廓。如果说，当时有什么时尚的话，头上顶着这样一顶像飞机一样的帽子就是时尚。

在学期快要结束的时候，我们村突然来了一个摄影师。这个摄影师自称是县城文化馆的干部，来乡下采风，体验工农兵火热的生活。他来我们学校时，对着在操场上撒野的我们，咔嚓咔嚓猛拍。我们听说胶卷是很贵的，这家伙在浪费胶卷啊。那时候，拍摄一张照片是极为奢侈的，只有城里有照相馆，照相馆一般在城里的主要大街上，照相馆有一个巨大的玻璃橱窗，橱窗里放置着一些漂亮健康但模仿着样板戏里男女主人公那样飒爽英姿的照片。在阳光灿烂的日子里，这玻璃橱窗反射出强烈而奢华的光芒，让我们目眩神移，让我们目光生痛。现在，我们多么希望这个家伙给我们照一张像那橱窗里的工农兵那样的照片啊。那人在拍摄的时候，我们玩得就有点拘谨，很是放不开。

有一天早上，大概第三节课的时候，老师突然对我们说，那个摄影师要给我们拍一张合照，这节课不上了。我们一片欢呼。老师要我们打扮一下，马上排队。

我们根据我们的审美，打扮自己。最好的打扮就是穿上军服。平常，不是每个人都穿着军服的，那些没穿军装的孩子像烈马一样往家里奔。我们希望戴着军帽拍照，但只是想想而已，那国民党式的军帽在学校里是不能戴的，老师不能容忍这种奇怪的装扮。我们感到遗憾。

那天拍照，冯小强是最后一个到的。我们见到他，都笑成了一团。因为，他穿着他弟弟的军装。那衣服很短甚至连他的肚子也没有盖住，袖子当然也短，留出一大截手臂。见到他这模样，连我们一向严肃的老师都笑了，但那摄影师却一本正经，脸上没有任何表情。他大概对这种事情见多不怪了。

我的同学冯小强一直没有弄到一套军服，他的哥哥和他的弟弟却各自拥有一件。他是家中的老二，老二经常要被人忽视的。他的父亲在城里做工人，但不经常回家，对乡下的家不问不顾的。我们村里的人说，他父亲在城里有姘头。他的母亲因此脾气有些暴躁。她母亲经常坐在自家的门槛上面一边哭，一边骂城里的丈夫。或者拿一根棍子追打冯小强。她不打老大，当然也舍不得打老小，她就打冯小强。我们经常看到冯小强像一只被猫追逐的老鼠一样四处逃窜。冯小强是他母亲的出气筒。冯小强当然也想拥有一件军装，但他的母亲是不会满足他的要求的。

我们排成一排，照片很快就拍好了。真是一眨眼之间。摄影师在收拾他的家伙的时候，我们还齐刷刷排着队，一动不动，脸上是那种想笑却笑不出来的僵硬的表情。摄影师黑着脸说你们可玩去了。我们才知道结束了。我们有点不相信真的被摄入了照片。我们甚至怀疑摄影师在欺骗我们。

那个摄影师给我们拍完照后，离开了村子。奇怪的是，我们很快就遗忘了拍照这件事，好像这件事不存在，好像那个搞摄影的文化干部从来没来过我们村。直到有一天，替邮局送信的长脚阿信拿来一只大大的信封，我们才确信我们真的被那人摄入照相了。

这是我们平生拥有的第一张照片。照片里的我们或多或少有点傻，看上去一副哭笑不得的样子。特别是冯小强，因为衣服紧贴着他，看上去身材显得很小，头却很大，他的眉头紧锁着，眼神中有一丝怀疑和不安的神情。这些穿着军装的孩子看上去一点都不英武，有点像溃败的国民党军队，显得无精打采。这同我们想像中的相去甚远。我们深感失望。

二

一条江流过我们的村庄。这条江叫曹娥江。这是一条充满了历史和故事的河流。在这条江的边上，诞生了一个千古爱情神话《梁山伯与祝英台》；在这条江的中游，有一座著名的山，叫东山，就在我们村的北面，这山上曾隐居过一个叫谢安的人，他给汉语贡献了一个成语叫“东山再起”。曹娥江的上游有一条被李白歌咏过的著名的溪流，叫剡溪。当年王子猷雪夜访戴时，他就是顺着剡溪，乘着小船去的。剡溪的所在地是越剧的故乡。越剧就是通过这条江走向外面的世界的。

但当年，我对这些一无所知。当年，在我眼里，这条江只是我们的一个乐园。

江上的乐子真是很多。每年，夏天到来的时候，我们就急于下江游泳了。那时候，水还很冷，我们脱光衣服，光着屁股跑到水里，然后就大呼小叫起来。但一会儿，就不感到冷了，身子会有一种暖洋洋的感觉，这是冷水的刺激的缘故。另一个原因或许是我们在水里剧烈运动。但如果下水的时间过长，身子就会慢慢变冷，冷得牙齿打颤，然后，脸色会变青。

游完泳，我们就在岸边光着身子晒太阳。我们村的河道上有一座桥，桥上有宽不到20厘米的石栏杆，我们经常在这石栏杆上来回走。这是十分危险的动作，要知道，这座桥下面没有水，而是岩石，要是掉下去，就没命了。但为了证明自己是个勇敢的人，大家都愿意冒这个险。

我们这么干当然是瞒着大人的。有一次，我在桥栏上来回走的时候，被我奶奶看见了。我奶奶把我管得很紧，因为我父亲只有我这么一个儿子。那天，我奶奶见我做如此危险的动作，吓得差点晕过去。我奶奶的脾气十分暴躁，她拿着一根足足有十米之长的用来晒衣服的竹竿子，二话不说，就向我的头砸来。我奶奶老眼昏花，没砸中我，倒把别的孩子的脑袋砸得起包。我见情势不对，也没穿衣裤，就光着身子跑。一度，我光着屁股在村子奔跑的情形被当作一个笑话流传。我当然不能容忍这样的笑话，为了让他们不再传播这个笑话，我大概至少同五个孩子打过架。

从小在江边长大的孩子，水性都很好。我们可以平躺在水面上，打盹儿。当然不是真的睡着了，真睡着了肯定要沉下去的。这样躺着是可以恢复体力的。因为有了这么一个法宝，我们才有胆量横渡宽阔的河面。

在我们渡河的时候，我们的脑子中有很多电影中的画面，都是炮火连天的战争场面。我们在向对岸游去。疲劳的时候便仰泳，这是一种不太消耗体力的姿式。躺在水面上，仰望天空，天空非常蓝，非常深邃。这是和平时期天空，战争只在我们的幻想之中。

在我们的想像中，在对岸，有一场战争等着我们。是的，是战争。对岸的沙滩上是瓜地。有西瓜，黄瓜，当然还有一个拿着猎枪的看瓜人。我们知道靠近瓜地有多么危险。如果我们胆敢去偷西瓜，那个看瓜的家伙据说真的会开枪的。在我们游泳之前，我们坐在岸边，我们想像着西瓜的红瓤，咽了一肚子的口水。我们在游向对岸时还没有想好要不要去偷西瓜，但当我们看到阳光下闪耀着墨绿色光泽、中间有着一条一条淡黄色的蕾丝花边一样图案的西瓜时，我们决定冒这个险。

我听到了自己的心跳声震天动地。四周的一切突然不存在了，我好像落入真空之中。意识也消失了，仿佛做出那一系列的动作的人不是我，一切像是脱离了我的控制，然后，我感到一个黑影从眼前飘过——也许就是那个看守人，我急忙捧着西瓜，跳到江河里。我一只手捧着西瓜，另一只手和两只脚拼命地凫水。我一边游一边担心自己的屁股，我希望那家伙的猎枪不要打中我的屁股。据说那家伙专打孩子的屁股。打屁股不会死人。直到游出一段距离，我们才松一口气。回头张望，发现对岸什么都没有，虚惊一场。那个守瓜人也许在棚子里睡大觉呢。中午知了声声，正是睡午觉的好时候。

西瓜这会儿浮在江中，看上去像一只只水雷。我们都看过《多瑙河三角洲的警报》。那是一部罗马尼亚电影，讲述的是海员扫除水雷的故事。我们假装浮着的西瓜就是水雷，我们做着电影里的动作，不触碰它，而是用掀起的浪推着西瓜。我们这样玩了一会儿，然后就捧起西瓜，游向对岸。在沙滩上，我们开始享用战利品。西瓜虽然很大了，却还不成熟。因为冒险的原因，我们吃得分外的香甜。

曹娥江上面穿梭着许多船只。主要是黄沙船。黄沙船排成一排，前面有一只机动船开足了马力拖着这十多只沙船。机动船和沙船之间有一条足足三十米长的绳索连结着。我们喜欢游到那根绳子边上，用手攥住绳子，于是我们就被机动船带动着往前冲，水流就会冲击到我们的头上，我们有一种像毛主席诗词所写的“浪遏飞舟”的感觉。有时候，我们会爬到沙船上，和那些船工聊一会天，再跳到江水之中。

在我们南方，炎热的日子总是十分漫长。夏季变成了秋季，对岸的西瓜变成了豌豆。但气温依旧很高。我们称这样的日子为“秋老虎”。我们继续干着这种偷鸡摸狗的事情，当然这种事被我们改装成为深入敌后的英雄行为。这样搞来的豌豆我们不能拿到家里去，那等于给大人们一个揍我们的机会。我们没这么傻。我们从家里拿来钢锅，从四周捡来枯死的芦竹，然后把豌豆烧熟。吃起这样的野食来，我们总是格外地津津有味。

开始有了潮水。某一年的假期，我去曹娥江下游的外婆家。我的小舅比我大不了几岁。他在正午时分带着我去沙滩。外婆家离海已经比较近了，所以，海水通过潮水会倒灌到曹娥江里。小舅告诉我，海水会带着梭子蟹来到沙滩上。我们在正午时分耐心地等待着潮水退去。

一会儿潮水就退去了。沙滩上会出现一个一个的水潭。平常，梭子蟹是不多的，运气好的话可以捉到四五只。但有一次出现了奇迹，沙滩的水潭中到处都是梭子蟹，搞得小舅和我都觉得像是在梦中。这些蟹有巴掌那么大，它们的壳刚刚脱换，摸上去非常柔软，因为柔软，这些蟹不像平常那样凶猛，行动也很笨拙，它们几乎在温暖的江水中睡着了。我们轻而易举可以捉住它们。当时，我们带去两只大的鱼箕，都装了个满。我们好不容易才搬回了家。因为这种蟹要在海水中才能生存，到了岸上马上要死的，所以，我们赶紧烧了吃。柔软的盖下面，蟹膏是多么的黄多么的厚啊。我们把肚子填得圆圆的。太奢侈了。

在田野和河流里，还盛产着毛蟹。这种蟹一般钻在很深的洞里面，很难捉到他们。但我的小舅是捉毛蟹的能手。

根据我小舅的经验，捉毛蟹得在中午，烈日当头，四野寂静，鸟鸣与蛙声零零星星，这时毛蟹在河畔浅水处的那些泥洞中打盹。用一根软竹篾片伸进洞去，伸到洞底，轻轻捅几下，然后抽出竹片，一会儿，毛蟹便会爬出洞来，只要动作迅速便可以捉到它。在我小舅的指导下，我成了一个捉毛蟹的高手。

我和鱼没有缘分。那时候，我经常在江中钓鱼。我先在钓钩挂上诱饵，趁着黑夜，放到江中，但第二天早上收钓时，往往一无所获。但我同毛蟹的缘分很好，捉毛蟹从来不会空手而归的。我曾碰到一件神秘的事情。那是一个大雾天的清晨，我起得特别早，来到江边收钓，突然，我看到一只毛蟹飞了起来，它满嘴泡沫，足足飞了十多米，我赶紧跑过去把它捉住。毛蟹会飞我百思不解。后来学了物理，知道有个阿基米德浮力定律，想也许是雾天空气比重大，毛蟹吹的气泡轻便上浮了，于是毛蟹难得有了坐飞机的感觉。

最美味道的毛蟹我们叫它“老铁锈”，凶猛、张扬，壳坚硬异常，有类似铁锈的斑点，蟹钳的毛像森林一样的浓密。这样的毛蟹吃起来香气喷鼻，那膏嫩而肥美，真是回味深长。

有一次，我和冯小强一起去捉毛蟹。我就捉到一只这样的“老铁锈”。炫耀，但他木然着脸，好像不以为然的样子。我多么想他能表示一下羡慕啊。过了很久，冯小强才不经意地说，他想看看我的“老铁锈”。我很高兴，把蟹取出来，递给他。冯小强看完后，又再放回我的鱼箕中。他的脸上还是没有表情。回到家，我发现我的“老铁锈”自杀了，一只蟹钳插在蟹脐中。我知道是冯小强干的，我非常愤怒。

我和冯小强的战争就是这之后开始的。每天放学，我们俩总是最先走人。他走在前头，我紧跟着他，相距不到二米。他一定感到了我的威胁，他就站在村边的那座小山脚下等我。然后我们就打起来。这家伙的鼻子容易出血，没打多久，他就会血流满脸，但这不会使他屈服，我们两个人都有点玩命，扭打在一起，直到筋疲力尽。我们谁也赢不了谁。力气恢复过来后，我们无心再战，嘴巴当然不能示弱，相互骂骂咧咧，然后回家。因为山脚下都是石子，所以，我们在地上打滚的时候，我们的皮肉都擦出了血痕。汗水一浸泡，皮肤有点儿痛。我们谁也征服不了谁，但谁也不会言败。

这之后，我们几乎每天要打一架，像一对冤家。

班里的孩子都是村里人。放学后，经常在一起玩战争游戏。我和冯小强当然也加入了这个游戏。玩战争游戏得分成两个阵营，我和冯小强不会分在一起。因此，这不但是两个阵营的较量，也是我们两个人之间的战争。我们经常玩的游戏就是打泥仗。这个游戏是这样的：划两块阵地，相互用泥块攻击对方，只要有人冲到对方阵地就算赢得战争。

在那些战争电影中，等待发起总攻的我军将士，他们的头上总是插着树枝做成的掩饰物。想起我们是在战争中，我们当然也得有一顶这样的帽子。我们一般用河边的柳枝编扎。太阳依旧在头顶，我们戴着柳枝编成的掩护帽，感到很清凉，同时因为这个道具，使战争的气息更为浓烈。

我从小有着一意孤行的气质。我很勇敢，往往在对方的炮火最为猛烈的时候，就冲锋陷阵。那些泥块会像冰雹一样砸到我的身上和头上。一般来说，我们都主张用比较软一点的泥块，禁止用石块。但有一次，我的额头被一块坚硬的东西砸中了，血马上流了下来，我的额头留下一个大大的口子。我当即愣掉了。我站在那里，用怀疑的目光注视着对方的阵地。他们看到我头上的血水都惊呆了。双方都安静下来。我一直瞪着冯小强，目光锐利，我怀疑是冯小强挟私报复。但冯小强没看我一眼。我想，我不会放过冯小强。我一定要查出那个砸我的人是谁。如果是冯小强，我要以牙还牙，用石块砸破他的头。

转眼就到了九月。台风季节来了。同台风一起来的往往是狂风暴雨。暴雨过去后，洪水跟着就来了，曹娥江水就会上涨。这时，这条河会变得十分暴戾。不断会有附近的村庄决堤遭受水灾的消息传来。那些洪水的日子，我们就会坐在高高的大坝上，看江水湍急地向北流去。江面上会漂来一些木头、家具、牲畜还有尸体。如果见到了尸体，村里的人就会把他捞上来。停放在岸边。这时候，我们会感到这世上有某种不祥而怪异的气味。我们觉得这世界因为死亡而变得不真实起来，变得安静起来。

那些日子，我和冯小强之间的战争停息了下来。

关于冯小强，我还想多说几句。长大后，他非常讲义气，有很多小兄弟跟着他。后来，他因为参与团伙盗窃案，被抓去坐牢了。但他没供出一个同伴。从牢里出来后，他的朋友把他当成英雄。他成了核心人物。后来，他就去城里发展了。有一次，我回乡，他刚好也在乡下，他还特地来看我，非常友好，讲起过去的事，他的脸上露出孩子气的神色。我问他在干什么？他说，瞎混。他抽的是中华烟。我说，你混得不错。他笑笑。

三

我的邻居，那人家的老二回到了部队。有一阵子，村子里的姑娘们都像没头苍蝇一样，神情迷茫。那个军人走后半年，我们村出了一个桃色新闻：老根家的闺女怀孕了。几乎所有人都认为这是那军人留的种。因为，军人探亲那会儿，他整天和老根家的闺女混在一起。

这件事让我们十分震撼。我们觉得那个军人特别流氓。我们无法接受一个英武高大的军人干出这种“委琐”的事情。在我们的感觉里，只要是正面人物，是没有这种七情六欲的，电影里的英雄从来就不谈情说爱。当然也不会把姑娘的肚子搞大。那年月，在我们的词典中没有爱情这个词，有的只是阶级斗争。我甚至认为我们的党和国家领导人都是单身汉，稍大一点，当我知道毛主席也有妻子时，非常震惊，也非常困惑，一时难以接受。

我们感到四周突然出现一个深不可测的黑洞，原来完整的世界，一下子显得有点支离破碎。这个带着深邃、神秘气息的事件把我们的思想击中了。我们发现，除了战争以外，这世界还有一些隐秘的事情，也一样是激动人心的。我们满怀好奇，开始把目光投向成人。

在父母去田里劳作的时候，我开始在家里翻箱倒柜。父母们似乎总是藏着一些见不得人的东西。有一次，我从家里翻出几本书，那是关于马王堆出土文物的画册，在这些书中还有一本手抄本，是郭沫若写的，郭沫若通过汉墓中出土的一粒西瓜子推演了一个关于女墓主的惊心动魄的故事。我一口气把这手抄本读完了。我感到时空倒转，空气也同往日不一样了。我像是进入了幽深的历史之中，特别是女墓主的爱情故事，被郭老写得缠绵悱恻，把我看得柔肠寸断。那段日子，我感到我的胸腔中似乎晃荡着一些温暖的水。

温暖的叙事就这样降临到我的生活中。这故事把单调的日子填满了，好像这天地之间因为有了这些故事而变得充满了芬芳的气息。那个手抄本开始在同学之间流传。那些日子，我们的眼睛发亮，觉得一个新的世界已经向我们打开了。

故事自然也改变了我们看待世界的目光。比如，我们投向那些年轻的小伙子和姑娘的目光有了复杂的羡慕的成分。我们感到时间变得分外的漫长，觉得自己似乎已停止了成长。我们恨不得自己快快长大成人。

七十年代有限的电力在支撑着城里的工业，乡村老是停电。在煤油灯下那些比我年长的似乎见多识广的小伙子和姑娘们会打情骂俏，偶尔他们会谈论一下他们从书上看来的故事，这些故事大多与战争有关，常常是一些传奇。战争造就了故事无限的可能性，在我听来，这些故事浪漫、温暖。当然，油灯下正在滋长的爱情也让我们感到浪漫和温暖。

一本手抄本出现，另一些手抄本跟着出现了。这世界就是这样，只要某一扇门打开，就会向你展示一个前所未有的幽深世界。不久我们搞到了第二本手抄本《一双绣花鞋》，这本集侦探、爱情、革命、凶杀于一炉的手抄本，一样让我如获至宝，读得如痴如醉。

手抄本都是“非法”的，通常的说法是，这是“黄书”。因此，读这些书，我们有一种越轨的快感。我们的传阅完全是秘密的，不会让老师，也不会让家长知道。

我和海胖交上了朋友。海胖是我的同学，他也迷上了手抄本。他经常同我讨论手抄本里面的故事。我建议海胖去自己家里翻箱倒柜一番，说不定有什么惊人的发现。海胖叫我一起去，我想了想，就去了。

海胖家属于深宅大院，给我一种深不可测的感觉。我一直认为这样的人家应该评上地主。他们家阴冷的气息和白屑如潮的墙壁同我想像中的地主庭院相符，更重要的是海胖家还有一位严肃的小脚奶奶，总是在每天午后开始念念有词。大人们说她是在念阿弥陀佛。这是封建迷信啊，可奇怪的是没有一个人找她的麻烦。我对海胖奶奶念出的这种嗡嗡嗡的声音，心怀畏惧。我平时不太去他家玩。

海胖家看上去像是藏着一些封建糟粕，结果，那天一无所获。

一天，海胖终于搞到一本叫《白蛇传》的连环画。我们把头凑在一起，仔细读了这则故事。读完后，我们开始争论究竟是白娘子可爱还是小青可爱。也许我们心里面觉得白娘子还是充满母性的，但我们一致认为小青更可爱一些，因为她性格刚烈，斗争性强，更有革命精神。

那段日子，我们显得有点鬼鬼祟祟。我奶奶火眼金睛，我们的古怪行为很快引起了我奶奶的注意。有一天，她把我和海胖拖进里屋，问我们在搞什么鬼？在她的高压政策下，我们只好把看“黄书”的事和盘托出。但奶奶的反应很快打消了我们的罪恶感。她说，这算不得黄，黄的还有呢。于是奶奶关起门，脸上露出诡秘的神色。

一会儿，她就拿腔捏调，唱了起来。她唱的是梁山伯和祝英台的故事。那时候，我们听的都是刚性的革命歌曲，乍一听这种软绵绵的音调，真有说不出的舒服。我感到四周一下子变得非常安静，好像这世界真的有了什么改变，好像随着那些唱腔，周围开出了花朵，暗香浮动。多年后，我才知道她唱的是越剧。

我们总是缠着奶奶唱戏。我们还听了《西厢记》，听了《钗头凤》，直到奶奶翻不出什么花样为止。我慢慢对这种调子熟悉起来。我觉得这种剧种，这种唱腔，确实十分适合儿女情长。奶奶的故事令我们目光恍惚，眼神变得温和起来。童年无知，那时我一直把梁祝故事叫成《两只爱司》，多年后，我才知道正确的叫法应该是《梁祝哀史》。

我觉得儿女情长也是件不错的事。我重新读了一遍《白蛇传》。读的时候，我有一种强烈的愿望，希望同许仙谈情说爱的不是白娘子，而是小青。为什么不能有既有战斗性又具有温柔情怀的女子呢？我还希望许仙最好像革命者洪常青那样坚强。我希望这出爱情故事可以改装成一出革命的浪漫主义故事。

这些故事令我满怀伤感。我开始变得安静起来，不再热衷于战争游戏了。我和海胖经常坐在江边，看对岸公路上的汽车。这些故事改变了这个世界，使世界更为广阔。我开始把目光投向外面的世界。而公路就是一个象征，它一头连着遥远的地方，一头连着我们村庄。我们的目光开始变得遥远起来。

公路上的汽车一直在变化。早几年前，公路上出现的是笨重的苏式卡车。后来，国产的“东风”卡车多了起来。但现在，公路上会突然出现一辆漂亮的日本车。真的很漂亮，小巧，光滑,在阳光下一闪而过，就像昙花一现。虽然这种车非常夺人耳目，但我们还是给它起了一个难听的名字叫“日本矮子车”。

我们听说，我们已经和日本人和好了，据说这些车是日本人送给我们国家的，这些车就是和好的见证。我们也听说美国总统尼克松也来北京讲和了，我们的敌人现在都想成为我们的朋友。这令我们非常困惑。我想起我看过几十遍的《地雷战》,《地道战》，想起电影里那些操着古怪中国话的可恶而倒霉的日本鬼子，竟然有一种做梦的感觉。我突然发现战争似乎是一件十分遥远的事情。遥远得我这一生都够不着，只能是一个巨大的背景。

现在想来，童年时期，我想像里的战争没有邪恶的一面，那是一种诗性的存在，具有精神的特质。我甚至想，那时对战争的怀想一定是全民的精神生活。战争让我们想起延安、革命和共产主义这些词语。

一九四九年以前，我的家乡也有过几次战争，这在临江那座山上深浅不一的战壕上可以寻见当年的蛛丝马迹。有一段日子，我和我的伙伴们开始拿着锄头铲子去扒战壕，希望发现一颗子弹或一枚炸弹。我想，我们当年的劳作与一个诗人的创造有共同之处：激情与梦想。

我不知道现在的孩子们是怎样看待战争的，我猜现在的小孩大概也会有一个尚武的年龄段的，但一定不会有我们那时的狂热。现在的孩子稍大后，他们便把更多的热情献给了那些明星偶像们了。我想这是好事情。现在我想我已经知道现实中的战争是怎么回事了。我知道伴随战争这个词周围的不是诗意，而饥饿、疾病、死亡，是绝望和无家可归的无辜平民。

2003年已经过去了。这一年，我目睹了一场战争。美英两国用世上最先进的装备对伊拉克进行了狂轰滥炸，然后，迅速地占领了伊拉克。我在电视上目睹了死亡，目睹了种种人间悲喜剧，目睹了独裁者萨达姆的铜像被民众推倒。面对这样的战争，我发现我很难“政治正确”，我的情感是无比复杂，不是“支持”或“反对”可以清楚地判定的。很多时候，生命的感觉比理念更为复杂，更为缠绕不清。

这世界从来没有平静过。九十年代，善战的南斯拉夫人从电影里走向了现实，他们扛起了武器，展开了种族间的战争。南斯拉夫，我是多么熟悉！七十年代末期，南斯拉夫的电影进入我国。我特别迷醉于《瓦尔特保卫萨拉热窝》这部炮火连天的影片，斯拉夫女郎深陷而神秘的眼神至今还留在我的记忆里。那时候，我们所看到的少量外国片一般都来自社会主义国家，并且经常是战争片。大概被资本主义包围的南斯拉夫人比较容易受西方惊险片的影响，拍的电影比国产的好看。后来流行一时的《桥》就证明了这一点。那时候，我和我的伙伴们一致的看法是南斯拉夫人特别善战。完全不像我们在电影里看到的游击队员打击侵略者那样是非明了，现实中的战争错综复杂。我们从电视上经常可以看到萨拉热窝。如果不是战争，萨拉热窝这个词会引起我温馨的怀旧之感。战争让这个城市充满了弹痕和尸体。说来奇怪，漫长的战争存留在我脑中的并不是那些签了又撕的和平协议及由政治家们演绎的一个又一个事件，而是那些来自民间的消息。我不会忘记当漫长的冬天到来时，是一家由五个人组成的私人电台伴着萨拉热窝人度过了饥饿、寒冷及美好的圣诞，给苦难中的人们带去心灵的慰藉。还有那部叫《萨拉热窝之恋》的电影，讲述的是一对恋人在萨拉热窝一分为二的日子里相互寻找、相互思念的故事。令人欣慰的是即使在战争中一样存在爱情及美好的人性。

现在我大概已经变成了一个和平主义者，有时候甚至懒得为生存而争斗。我很清楚，现实的战争如《回故乡之路》中的那个小伙子，是无奈的，更重要的是回精神的故乡，我想那里充满了和平和宁静。但这不是一条平坦之道，同物质世界一样，这也是一场战争，它更为隐秘，不见硝烟，然而惊心动魄。

2004.1.4

人及其时代意志

艾　伟

八十年代中期以来，文学开始趋向于文本的构建，趋向于脱离我们目前这个复杂的语境，而迷恋于文学的游戏性。在这里，我不想否认文学的游戏性，文学就其基本功能来说，它应该是容纳及拓展人类经验的一个容器。当我们把日常生活可能或不可能的经验放入这个容器的时候，是有游戏的成分的，是有着极大的乐趣的。八十年代开始的这个过程，是一个不断地给文学减负的过程。这个过程也不是没有意义，这个过程让我们的文学从那种被单一意识形态控制下挣脱出来，给文学以新的自由和可能，使文学承担起文学应该承担的那部分。

"文学承担起文学能承担的那部分"，这种提法本身也许没有错，但是，一不小心就可能成为一句顺口溜，成为一句空话。什么叫承担文学应承担的那部分？这部分是什么？是永恒的人性？还是对文本的拓展？在实际的文学实践中，我们可以发现，在这样一种说法下面，文学的功能变得越来越弱小。"个人化"成为一尊新的文学之神，任何写作都可以在个人化的神祇之下合法化。

当然个人化或边缘化的出现是有历史根源的，同八十年代知识分子热衷于参与的思想启蒙的受挫或失败有关，也同九十年代欲望化社会的到来有关。八十年代的思想启蒙实际上和主流意识形态是一致的关系，到后来才慢慢分道扬镳。知识分子的受挫感导致了一个个人化或边缘化时代的到来。本来，个人化也好，边缘化也好，表明了一种自觉疏离主流意识形态的姿态，至少是对八十年代的一种逃离或反动。但在实际的写作实践中，个人化或边缘化迅速地画地为牢，成为一种看上去像是自得其乐的潮流。边缘化成为一种对边缘人物的过度描述，在新生代的代表文本中，最多出现的是落魄的诗人、艺术家或流浪汉，他们生活在自己的世界，社会生活及意识形态现实被摒弃在文本之外，边缘化成为“边缘世界”。在很多作品中，我们只看到一个自我放逐的“个人”。你可以说，这是一种生命不可承受之轻，但我一向对这样一种消极自由持怀疑态度。也许你可以说这种态度是我们当今语境下最为自由的方式，但我想质疑的是，这已是一种新的意识形态，正在复制千篇一律的人。况且，在中国语境中，轻带来的不是生命之重，而是轻快的逃逸，是自得其乐，是一场全民想像中的自我消费和自我狂欢。

我曾经撰文提出这样一个基本的判断：“……这种所谓的“个人化写作”，有值得反思的东西。在某种艺术至上的趣味下，我们的写作已失去了同现实的广泛联系，变得自说自话。加上“后现代”和相对主义风潮的兴起，我们似乎满足于发现意义的碎片。许多写作者的心中已没有“国家”、“民族”这些宏大的词语。这导致现在我们的写作充满了“小事崇拜”，没有对时代对现实作整体性发言的气度。九十年代文学在艺术上有着长足的进步，但在整体气象上，可能过分小气了。在九十年代的写作中，缺少一种承担，一种面对基本价值和道义的勇气。”

我现在还是坚持这样的判断。我们的文学正在目前这个庞大而复杂的现实面前失语，无所作为。写现实的作品不是没有，我们有很多写工厂，写下岗，写商战的作品，但这些作品除了经验的堆积，它所构成的现实依旧是可疑的。有人说，我们目前这个现实，有着无比复杂的经验。关于这个判断我基本同意，但我认为任何一个时代的经验都是无比复杂的，都是无比丰盛的。我认为写作不应停留在经验层面。经验是需要处理的，并通过经验去洞穿这经验背后的存在真相和价值。我们经常认为自己的经验有多独特，其实，作为历史中人，我们背后有一个更大的东西在控制我们，我们的经验更像是被时代拷贝出来的，很多经验其实是相互的模仿和复制。因此，我觉得从经验出发去洞穿时代意志，看破时代的重重机关，并由此体恤人的真实处境，才是写作的根本。写作不应该停留在经验的层面。

我这里并不是想否定“个人化”，“个人化”当然很好，任何写作都是个人的，从个人出发肯定是写作的起点，这似乎也用不着过分强调，但如果“个人化”走向一个男人和一个女人的极度抽象的写作，那就会有问题。人不是孤立的，人处在各种力学关系中，这种力学的相互作用才决定他具体的表演。人是易变的，只有在关系中才能相对地确定。说起关系，其实小说中最大的关系是一个男人和一个女人。男人和女人的关系是小说永恒的主题，不知被多少人写过了，都写烂了。小说写作者其实一直存在着困境，我们经常说这个时代的经验无比丰盛，但是说到情感，人的纯粹的情感就这么几种，即使有同性恋，但人的情感反应也大致差不多。小说如果写人性越纯粹，最后只留下两个人：一个男人和一个女人。这没法写。所以，小说必须走相反的道路，从一个男人，一个女人出发，成为一个独特的男人和一个独特的女人，这样，人必须和所处的时代发生各种各样的关系，这种关系越紧密，人就会越具体越复杂。

每一个时代，人都会面对特别具体的问题和困境。这些问题决不是那种“一个人的房间”的写作可以洞穿的。人是被时代劫持的。比如说到欲望，这欲望就有时代性，有着全民共同想像的成分。个人的欲望是被时代的共同想像带动的。

我们谈文学是离不开中国问题的。比如谈到自由，这自由就有大小，比如一条鱼，它在小鱼缸里是一种自由，在大海里也是自由。我们恐怕还是要探讨小鱼缸里那条鱼的处境。这就是我说的中国问题。再举个例子，鲁迅先生，他其实一辈子就在讨探那小鱼缸里的鱼，而冰心却在写大海里的鱼，她提出的比如和平、博爱等，确实是普世价值，但中国有着自身无比复杂的问题，我们可能还没资格在这些问题上同国际接轨。这样一比，大家都明白，鲁迅的伟大是显而易见的。因此，谈中国问题，表面上看起来比较小，但却是作为中国作家更应该关注的问题。

我在这里要提出一个概念，叫时代意志。我们都是历史中人，我们不可避免地受到时代意志的左右。我所说的时代意志非常复杂，它可能来自于权力，来自于意识形态，来自于全民的共同想像，来自于发展这样的历史逻辑。而一个时代的人性状况处决于此。

为了说明这个问题，我以我的小说《俘虏》为例。这部小说写了一个俘虏的故事。俘虏所处的社会，它的时代意识形态就是仇恨，这种仇恨已深入血液，他支配了他全部的行为，这些行为肯定是反人性的。但这样的人，其基本人性、凡人应具有的情感反应他依旧存在，当他和一个人建立关系的时候，比如和美国人托马斯的关系，他对托马斯不是没有情感，但他内心本能的情感会使他非常困惑，他会陷入人性和意识形态的困境之中。这是一种非常残忍的处境，一种激烈的处境。是一种仇恨时代的人的可悲的处境。

这个故事的人性挣扎有其时代的独特性，它和中国语境紧密相连。我基本上不相信所谓的永恒的人性。但我相信人的内心结构千百年来是一样的，即所谓人性中有善与恶，有罪与罚等等。变化的是时代面貌，是加在人性身上的“力”，正是由于这个“力”，人性就会变形成另外一种极端的状态．如果说你能触及人性中最隐秘的部分，那一定也触及到了这个“力”，有时候，这个“力”就叫做荒谬或荒诞。这就是我所说的同现实广泛联系的意思所在。

作家是人性的守护者，他的立场永远站在“人”这一边。比如，就我们这个时代来说，发展肯定是好的，是正确的。但从作家这个角度看，发展也带来了很多问题，比如人的焦虑，人在历史中的惊惶失措，欲望的蓬勃等等。所以我们要研究我们所处的时代，它的时代意志是什么？我们在历史中的真实处境怎样？在目前这种轻快的市场意识形态下，我们的人性又呈现出怎样的面貌？我想，作家的立场应该站在人的角度看问题。作家也许不追求“历史正确”，也可能不是“政治正确”，但作家要对这个时代保持警觉，承担起他作为“人”的守护者的职责。

2004.10.8

重新回到文学的根本

——与何言宏对话

艾　伟

一、小说世界只不过是故乡的变形

何言宏：关于童年，你曾写过一篇一万余字的回忆性文章叫《河边的战争》，在那篇文章里，你回忆到的上世纪七十年代的乡村生活，你用“十分安宁”描述这段生活，你叙述了一个孩子对战争的迷恋，以及对战争的想像，主题是童年时期的“激情、审美和创造”。很多作家都谈起过童年对写作的重要作用，我想对你也一定同样重要。

艾伟：是的，那篇文章在《江南》发表时是被当作创作谈的。当然我写的肯定不是创作谈，他们这样编排，大概也是发现这篇回忆性文章和我的创作是相关的。关于童年对一个作家的影响，我愿意谈谈我启发学生写作时的情形。最近宁波大学成立了我的工作室，其中一项工作就是带几个有志于写作的学生，指导他们写作。我和他们交流就是从这个问题开始的，我请他们谈童年时期留给他们最深刻的记忆，让他们感到疑惑的记忆，或让他们感到震撼的记忆，我同他们说，这些记忆甚至不要有任何逻辑性，一个场景足够。我认为童年记忆有点类似神话，是有原型在里面的，只要挖掘它，就会发现自己最感兴趣的问题。而这些记忆或场景就像一颗种子，它会生根发芽。

我这么做，当然源于我自己的写作实践，我的许多小说都有童年或少年时期记忆的影子。比如我的长篇处女作《越野赛跑》即源自童年记忆——童年时我所在的村庄突然出现了匹白马，骑马者是解放军，然后这匹马跑到了我的小说中。《少年杨淇佩着刀》则和我中学时期的记忆相关，当时和我同宿舍的同学就曾半夜爬到女生宿舍。《乡村电影》打人的场景是我亲眼所见。就是在新作《风和日丽》中，也有我童年的记忆。我的奶奶曾在上海演过越剧，土改时回乡闹革命，我奶奶会很多戏曲曲目，我童年时就听她唱过《梁祝哀史》和《碧玉簪》，《风和日丽》中的王香兰身上就有我奶奶留给我的一些记忆。我们的记忆是有选择性的，我们记忆的一定是同自己最感兴趣的事物相关，并且这些记忆也在塑造着我们自己。

何言宏：你是个在乡村长大的孩子，所以你最宝贵的童年经验应该都在乡村。但你的作品却往往有“城市”性。你的四部长篇，除《越野赛跑》外，其它三部都发生在城市里。在中国，乡村题材的小说可以说是主流，乡村的经验经过一代一代的叙述，已变得诗意沛然，相对来说，也是容易想像和叙述的，而城市，似乎一切都是格式化、规模化和程式化的，中国作家也不太擅长写城市。

艾伟：是的，词语是有历史的，每个词语的背后都有长长的历史，中国汉字被打磨得最为动人最为闪闪发亮的词语都在唐诗宋词里，几乎都是关于自然和乡村的，再加上现代文学以来，文学关注的是“启蒙”，针对的是普罗大众，所以我们多的是乡村叙事。而关于城市的词语大都来自西方，这些词语里天然地带着西方的想像和价值，带着所谓的“现代性”。而想像确实是需要一点一点堆积的，比如第一个把互联网写入小说的人其实是有难度的，因为在读者那里会有审美上的不适感，但叙述多了，也可以提升为诗性。所以，王安忆认为有些场景是不能写入小说的，比如官场。当然我并不完全同意这个说法。我认为不管你的故事是在乡村还是城市或是官场，都是一样的，最为关键是写出人，写出人的复杂性、信服力及人的命运感。

我的一部分写作和故乡有关，比如《乡村电影》、《回故乡之路》和《越野赛跑》等，有一大批吧。在《越野赛跑》里面很多细节都在我的故乡发生过，只是我用了变形和夸张的手法，因为有一个神奇自由的天柱在，有了幻想色彩。在我后期的写作，我确实把场景放到了城市里面。我一九八八年到宁波，已生活了二十二年，因我的老家和宁波近，生活方式也差不多，宁波也有一种故乡的感觉。自然而然，我愿意想像宁波，这个城市确实也给了我延绵不绝的想像的乐趣。你从《爱人有罪》中可以看到，我把这个想像世界定名为永城，因为宁波叫甬城，我谐了个音。在《风和日丽》中除了永城，还写到上海和北京，地理空间大大拓展。关于故乡我确实有个演变的过程，最初有一个具体的地方，后来，这故乡就是我纸上的世界，是我小说人物可以抵达的任何地方。当然，你可以说我的小说世界只不过是关于故乡的变形。

何言宏：你是什么时候开始喜欢文学的？为什么后来你会选择去读理工科？你的小说对结构非常讲究，节奏和控制力非常好，这同你学建筑有关系吗？

艾伟：在我读中学时代，是一个理科崇拜的时代，那年月我们经常说的一句话是“学好数理化，走遍天下都不怕”，陈景润是同学们的偶像。我真正喜欢上文学是在高中，在春晖中学的时候，春晖中学曾经聚集过朱自清、丰子恺等一大批现代文化名人，他们的气息或多或少对我的爱好有影响。记得我高中时期正是“朦胧诗”争论期，艾青写了一篇长长的批驳“朦胧诗”的文章——虽然我不同意艾青的观点，但我当时觉得他写得很好，即使写批判文章也诗情沛然。高三时要分班了，老师建议我读文科，但我认为只有笨蛋才学文科，所以我选择了考理工科。但事实上我整个大学时期，从来没喜欢过自己的专业，也不愿想像自己将成为一个工程师。我的写作完全是自学的——好像写作这事儿都是靠自学的。自学的好处是条条框框少，我倒是希望我的小说是自由的，有坚实的土地感，还有一点点浪漫。呵，浪漫这个词被我们的小说家蔑视很久了，几乎是浅薄的代名词。

何言宏：你好像到今没有写过关于你父母的文字。我很好奇，你出生于一个什么样的家庭，父母对你的写作影响大吗？

艾伟：我的父亲在乡村中是比较特殊的，他童年时在上海读书，后因我奶奶回乡闹革命也跟着回来了，他算是个乡村知识分子吧。他会绘画，“文革”时期，村子里墙壁上的毛主席画像都是他一笔一画画出来的。我经常看到他爬在梯子上画像，烈日灼人，他粘着油漆的衬衫被汗水浸湿。他画得最多的像是毛主席标准像和毛主席去安源的像。我母亲则是隐忍仁慈，几乎没和人红过脸。他们对我的具体写作当然没什么影响，但他们是我记忆中重要的一部分，特别是我的母亲，我一直希望我的写作有母亲的目光，那种对待世界宽厚而善良的态度。

何言宏：在你的另一篇回忆性长文《暗自成长》中，爱情或性是关键词，你其中描述了情感的疯狂和无可名状，还写到你对情感的恐惧和自制。我记得最后一句话是“现在我也许准备好了，有足够的经验去面对一个女人了”。在你的小说中，比如“爱人系列”里，里面的爱情是无望的，无助的，你甚至进入到深邃的无意识世界，你把两性之间的战争写得惊心动魄，血肉模糊。这是你的爱情观吗？

艾伟：总的来说我是相信爱情的。特别是在一个没有信仰的社会里，有时候爱情里面是有着信仰的成分的。当你爱上一个女子，这个女子就会住在你心里，你会在精神上保持一种持续的满足的状态，会有一种献身的激情。有时候甚至这种情感同性的关系也不大，性反而会使这种张力消失。不过，关于这个问题里面有非常细微的人性内容在，在此也是说不清楚的。关于我小说里的爱情，我还是喜欢放在社会各种关系的层面上，放在时代意志之下来展示，因为我总是想要更多的内涵，而不是去写两个人抽象的爱情。所以，在《爱人同志》里，是一个英雄和一个圣母的爱情，在《爱人有罪》里，是一个冤屈的灵魂和一个赎罪者之间的爱恨情仇，是两个小人物在伤害的世界里相拥不能。我想在展示人性的过程中也能展示社会对人性的影响，对人性潜在的规约，或对人性的戕害。到了《风和日丽》，在这个问题上，我变得温和或温暖了，这你可从刘世军和杨小翼之间的情感关系可以看出来，他们的情谊可以说是绵长一生。这和早期作品是不一样的，对我来说是一次蜕变。

二、先锋文学的歧途及其他

何言宏：在你早期的早品中，你对暴力书写比较偏好，比如男孩弄瞎了眼睛（《七种颜色的玻璃弹子》）、手掌被钉在桌（《杀人者王肯》）、割腿肉下锅《老实人》、血肉模糊的爆炸（《回故乡之路》）等，但同时，你的作品里还有另一面，比如“眼泪”，在《乡村电影》里，最后那个恶棍的“眼泪”照亮了这部小说，让人感到这世上依旧有“人性”。

艾伟：早期的小说确实比较暴力。这可能同童年时期所见所闻有关。我的故乡属于绍兴地区，而绍兴在江南是个非常奇怪的地方，是异类，它有着南方地区少见的血性。在近代革命时期，绍兴出了秋瑾，徐锡麟这样的革命者并不奇怪，出了鲁迅这样的决绝者也不奇怪。在我的故乡，“文革”时期非常血腥，有人甚至动用了中美合作所所用的刑具对待所谓的“当权派”。我童年时期，村子里有一个打手，整天手中拿着一根棍子，他是个光棍，他不但打“四类分子”，还打牲畜，以割“资本主义尾巴”为名，把牲畜打死，自己烧了吃。我童年时非常怕他，但也觉得他很威风，像电影里的日本宪兵。我小说中的暴力可能同此有关。当然也是受到先锋文学的那种观念的影响，你知道先锋曾是我们文学的主流，先锋的趣味是有些“嗜血”的。王侃兄很早前就给我写过一篇评论，认为我早期的写作是黑暗的，但尽头有光亮。这光亮大概是一点点人性的光亮。我人到中年，现在愿意怀有对人性的信任，我以为原来不相信，其实我的小说里早已埋下了这个种子，我不相信一个完全的恶棍。

何言宏：那天在我们的长谈中，你屡次谈到自己对先锋小说的看法，谈到自己对先锋小说由起初的迷恋和深受影响，甚至是得以实现自己的文学启蒙，一直到后来对它的逐渐怀疑以至于在创作实践中的逐步背离，我觉得非常重要。

艾伟：先锋以来，文学确实有兴高采烈的孩童时代，大家像孩子那样玩得很高兴。我开始写作时是九十年代，那时候先锋文学可以说是主潮，后来的所谓新状态也好，晚生代写作也好，也是先锋主流的一些变种而已，这里面还是有先锋意识和先锋价值系统存在的，比如世界的荒诞，生命的无聊，生存的冷漠等等。这个主潮一定会影响我的写作，我也是从先锋文学开始的，出于对余华、苏童他们的喜爱而开始写作。比如我最早写的《敞开的门》，发于 1997 年的《收获》上，就是写一个白痴的故事，明显受福克纳的影响。但现在回过头来看过去的作品，我发现我一直有古典的一面，像前面所说的《乡村电影》等，在处理情感也好，人物也好，依旧是古典的方法，只是在叙事里有更多暴力的元素。我那时候也可算作是先锋的实践者，心仪者，在价值判断上当然是除了先锋，别的简直不算是文学。我 1999 年开始写第一部长篇《越野赛跑》，那完全是一部先锋气质的小说。

何言宏：《越野赛跑》确实是一部很有野心的长篇，你写了一个村庄的历史，而这个村庄的历史其实就是一个国家的历史。你这个小说分成两个部分，一个部分是十分现实的，当然有点夸张。而另个世界是神话世界，你设置了天柱这个地方，这个地方比现实世界更自由，也更“人性”，好像也符合你“信任人性”的观念。

艾伟：当时，我觉得我写了一批中短篇，应该写一部长篇了。就这么简单。《越野赛跑》作为我的第一部长篇，写作负担也是很重的，我总是想在一部作品里融入自己全部的文学理想，想在这部小说里最大限度地把先锋技巧、叙述方法融入其中，我要玩出一些花样，要让这部小说飞翔起来。我确实这样做了。对我来说，这部小说有特殊的意义，就是写完这部小说，我才确立写作的自信，至少在写作长篇上，我不会再有畏惧感了。不过，写完《越野赛跑》后反思也会有的，虽然《越野赛跑》在想像力方面，在关于世界的寓言方面有很好的表达，但有些方面我不满足，就是人物的丰富性和复杂性方面，在这样一个文本里我无法展开。这也是这种寓言化写作的一个通病，在文本中有一个意向明确的隐喻，有时候是会损害人物的。我试图在接下来的一部长篇里解决这个问题。

何言宏：这是你在《爱人同志》里做的？张清华兄说，《爱人同志》是一部当代文学中罕见的真正独立和正面地触及“当代题材”的小说，其敏感性可谓是当代作家中的典范。

艾伟：在《爱人同志》里，人物精神和内心世界的复杂性方面我有很深的拓展，甚至进入了潜意识的领域，我专注于人物的深度，是一部完全内心化的小说。但这样写完全无损于这部小说的寓言性。这部小说纪录了八十年代的道德英雄主义向市场经济转轨过程中对国人精神的巨大冲击，这种冲击通过一个越战英雄和一个当代圣女的刻画反映出来，这两个人是和时代打通的，和时代的精神状态也是接通的，可以说这部小说记录了一个国家的痛苦历程。这部小说叙述了在这个转变中中国人的不适应感，一种被抽离被抛弃的精神状态，它是中国人在此历史洪流中孤苦无依的一个寓言。我自认为我是个现实感很强的小说家。

何言宏：不管你自认为你是在用先锋的方式书写，还是古典的方式叙述，在你的小说中，总是有历史背景，这一点很明显。

艾伟：是的，《越野赛跑》也好，《爱人同志》也好，以及到了《风和日丽》，历史在我的小说中一直存在。在我的小说里，我不回避政治、社会、文化风尚等元素，我觉得这一切是无法回避的。但先锋以来，我们的文学似乎一直在逃逸这些内容，是去政治化的，去历史化的倾向也很严重。

何言宏：“文革”后的中国文学由起初的“伤痕”、“反思”文学一直发展到后来的“寻根文学”、“现代派文学”和“先锋文学”等等，实际上是有着复杂的历史原因的，我们在“创新意识形态”的支配下一直对这样的历史有着“文学史进步主义”的评价，肯定的居多，批判性的反思很少，现在看来，先锋文学，甚至是此前的“寻根文学”、“现代派文学”等等，存在着很多问题，对于中国当代文学来说，未必不是歧途。

艾伟：先锋文学当然是历史的产物，有它的合理性，我也同意用历史的眼光去看待。说实在的，我们都受到过这一浪潮的滋养，小说也因为经历了现代主义浪潮后变得更为简洁有力。这些我必须承认并怀有敬意。但问题在于，先锋的某些观念到后来也产生了对文学的破坏性力量，我们有些画地为牢，把文学的边界框得很小。大家都觉得文学的形式创新才是文学的康庄大道，似乎一定要魔幻、寓言才算得上是纯文学，好像那才是文学的正典，别的都不算文学。我常常感到文学界总是在期待新的东西，在期待一部我们从来没见过的小说。这种“新”的意识形态把文学界弄得很焦虑。我觉得我们现在需要的恰恰是“旧”，回到常识，回到小说最基本的价值元素，回到文学的根本。比如人物丰富复杂、情感的信服力、故事或命运感等等。而这些都曾经以“先锋”的名义被我们忽略。我始终认为文学的正典应是那种脚踏人类大地的小说，是有人的温度的小说，是人物的行为可以在日常生活逻辑下检测的小说，而不是冷冰冰的所谓深刻的小说。

何言宏：我们提出，要重新回到文学的根本，其实这有着非常丰富的内涵，但最重要的一点，应该是重新认识到人性的问题对于文学的意义。我们今天的谈话，可能很多都是旧话重提，属于老生常谈，但这样的“旧话”与老生常谈在我们这个时代的文学与社会文化语境中，其意义与价值，还有我们的有关思考，应该不同于别的时代吧？

艾伟：这个时代是常识稀缺的时代，几乎在任何一个领域都缺乏常识，有时候甚至常识被当作低级的东西加以否定。在文学领域也是如此。本来在中国，写实的传统一直是非常强劲的，就中国人的思维模式来说，更擅长于写实而非抽象、隐喻。

先锋以后，大家对写实有些不屑，热衷于搞抽象和隐喻。当然如果你搞一个纯粹的我们从未见过的先锋文本我没意见，可我发现，我们很多有名的文本和读者之间的“契约”经常出现问题。在《西游记》里，孙行者从石头里蹦出来，我们知道作者和读者之间建立了一个超现实的“契约”，卡夫卡也一样，当他在开头告诉我们格里高里变成了甲虫，我们知道这也是个超现实的文本。但现在你去审查我们的一些文本，你搞不清作者和读者的契约是什么，开头可能是一个现实主义契约，时间地点人物都是现实的，可是中间，他突然超现实了，隐喻了，寓言了。这种方式好像很深刻，实际上很不讲道理，往往不顾及人物，不顾及人性逻辑，作者想怎么干就怎么干。这不是先锋，纯粹是偷懒，先锋简直成了他们对人物的推进失去能力后作简单化处理的借口。

先锋的另一个破坏性力量是，从此后我们的小说只把我们的历史、现实、时代当成一个假想敌，从不把时代、现实、历史以生动的具体的方式进入文本，而是推到背景以外很远的地方，大家似乎都热衷讲一个关于永恒的故事。

何言宏：谈到历史，我认为我们的革命历史、社会主义历史一直渴望着一部伟大的叙述，我基本上持这样的观点，就是认为伟大的中文小说一定是要通过这样的叙述才能诞生，很多作家也许都是这么认为的，所以在“文革”后中国的文学史上，向此目标奋力冲刺的作品才不断出现，我把《风和日丽》也看成是类似的努力。

艾伟：是的，文学如何处理社会主义经验，处理革命的内部问题，东欧及苏联作家确实做出了令人信服的努力。我曾谈到的《日瓦戈医生》、《不能承受的生命之轻》或《一个人的圣经》都可称是这方面的典范。我们有如此庞大的关于社会主义革命的经验，可我们的写作却很少真正正面地触及这些问题。也不是没有触及，可能是我们在思维路径上出现了偏差。

何言宏：谈到我国的社会主义历史尤其是前三十年的历史时，我不太主张用“经验”这样的字眼，因为它很容易让人理解成简单的肯定，或者也可以用“实践”来代替？当然“经验”也可以是客观的说法。你说的偏差主要指的是……

艾伟：说成“经验”也好，“实践”也好，新时期以来，我们在处理社会主义经验时，往往是采取一种批判的，对抗的姿态。这种姿态如果仔细辨析，你可以发现一个西方的思路，即西方式的政治正确存在。这或许会把我们的经验简单化，使我们的经验只有一极——血淋淋的现实，而忽略了人世间另外一极，某种带着暖意，带着欢娱的生命指向。最近我看了两部电影，一部是罗马尼亚的，叫《无声的婚礼》，讲的是一个村庄，一对年轻人要办婚礼，婚礼正要进行时，斯大林死了，禁止一切娱乐活动。这可怎么好？杀了猪，宰了羊，亲戚们也带着彩礼来了，等斯大林丧期结束，猪肉羊肉都坏了，成本也太高了，于是，他们决定搞一个无声的婚礼。叙事的张力于是变得非常强劲，一方面是政治的高压，另一方面是在无声婚礼中人的创造力和幽默感。另一部也和斯大林有关，叫《给斯大林的礼物》，好像是土库曼斯坦的，讲的是土库曼斯坦的一个小站的老头，是铁路工人。由俄罗斯来的去西伯利亚的列车上都是流放犯，有些人可能在半道死了，所以，老头的一个任务就是埋葬从列车上清理下来的死尸。一次，在尸首堆里，他发现有一个孩子还有呼吸，于是老头儿救了他，孩子活了下来。这时，迎来全世界无产阶级的父亲斯大林同志六十大寿，全苏维埃发起给斯大林同志献礼物运动，当局说，礼物如果有创意，被斯大林选中，可以得到斯大林的接见，并可以向斯大林提一个要求。孩子希望斯大林把父母从西伯利亚弄回来，于是开始苦思冥想献给斯大林什么礼物……叙事的落脚点是老头和孩子之间的温情场景。我们再来看看得奥斯卡最佳外语片奖的《窃听风暴》，我不太喜欢这部电影，我觉得它对社会主义经验采用一种简单化的方式展示，在叙事中，完全展示的是西方的思维，一种西方式的自我拯救，叙事中的丰富性被格式化了，同我们熟悉的社会主义经验其实相去甚远。不过，我觉得像《窃听风暴》至少还是对经验进行有效处理的，我们中国作家可能是没经过任何处理就扑上去了，所以，所展示的往往是一些“嗜血”的场景。

何言宏：这个问题比较复杂的。不过，我们叙事背后的意识形态中确实存在一个西方概念。在西方的概念下，我们的现实必然和“嗜血”联在一起，这几乎是一种西方式的政治正确。

艾伟：是的。在先锋文学中，你可发现有很多血腥的东西，其实都有一个概念摆在那儿，来自批判这样一种姿态，大家都在比力气，小说中总是出现类似像“阉割”、“白痴”、“残疾”等，反正都是非正常的，变态的——我以前的一部分小说也是这样的。这种来自现代主义观念的小说往往是极端的，偏执的，单极的。我们总是口味很重。大家都喜欢寓言化的方式，通过变形或几个意象解决问题，很少展示真正的心灵问题，展示人在复杂革命语境中的个人选择，而我是有志于“心灵问题”的。我希望在小说里展示世态的多极性，不能老是盯着那所谓的恶，要写出世界的丰富和价值的多极来。

三、情感，以及文学的基本价值

何言宏：现在我们来谈《风和日丽》。你的长篇小说《风和日丽》发表和出版后，获得了文学界、读书界以及广大读者的热烈欢迎，但也给我们提出了很多值得思考的问题，比如我们前面谈到的文学的情感性、可读性，文学作品人物形象的塑造，和对我们的革命包括社会主义历史的直面与书写的问题。在《风和日丽》中，我看到你的创作出现了一些新元素，我没理解错的话，你的小说开始变得温暖了。

艾伟：确实是这样。这种变化在《风和日丽》之前的两篇小说《小偷》和《乐师》已初见端倪。我试图用更宽阔更公正的目光看待世界。我希望写出世界的丰富和多极，即使在悲凉人世，也有善和温情。在《风和日丽》里，我试图写出苦难人间的温情时光，写出爱、友谊、家庭的持久力量，写出绝望中的希望。

何言宏：你在《风和日丽》创作札记以及你对媒体的访问中，似乎在反复强调这部小说的情感因素——你说，“情感是小说的物质基础”，强调文学的基本价值。

艾伟：情感力量是我近几年来思考得比较多的问题。先锋以来我们普遍忽略这个问题，认为情感是很通俗的东西，我们很难在先锋小说里看到正常的情感。但我认为小说还应该回到它的出发点。文学从本质上说它不是思想，它是生命中无以言说的血泪和欢欣，文学的根本功能是让我们以窥见在这个世界上别的人的内心和我们如此相通，使我们不再感到生命的寂寞，使人与人的联系变得更为紧密。从这个意义上说，情感永远是文学最有价值的一部分，也是人身上最具普世意义的一部分。这就是为什么在我们长长的小说历史中，被读者喜欢的小说都一定有一个好的情感故事或爱情故事，《安娜·卡列妮娜》如此，《简爱》如此，不胜枚举。

何言宏：《风和日丽》无疑是处理革命内部问题的，你通过"私生女"的视角去处理这个问题，这个视角很小，但处理的问题却很大，你在写一个人的历史，却要写出背后风云诡谲的大历史。这其间需要很好的平衡能力。

艾伟：关于杨小翼的成长史，我已看到很多评论，有人从血缘的观点去解读革命，有人用后革命叙事去理解，有人则从民族国家的想像和创建过程中的悲欢血泪去思考，这些都有道理。作为一个写作者，一部作品完成后就该沉默。读者或评论家如何理解是他们的事。所以，在我这里，杨小翼就是一个人物，我试图写出杨小翼这长长一生的个人遭际，只是恰好这遭际和我们共和国历史相吻合。我在接受采访时曾谈到，我更愿意把这部小说当作是一部关于生命的情感故事。在杨小翼童年到年华老去的生命历程里，她像所有人一样经历了苦难、幸福、爱和情欲。这个情感故事是小说的血肉，也是最有力的部分。

我始终认为一部小说首先要让读者进入小说世界，让读者感同身受，要做到这一切，得靠情感的力量。小说首先是用来感受的，其次才分析其意义。

何言宏：阅读这部小说给我很强大的命运感。

艾伟：最近我读了《名利场》，一部非常了不起的小说。里面有一个比较次要的人物，就是塞德立先生，他在玩股票期货这种投机生意，后来破产了。到此一般小说家可能会停止其命运的发展，因为他是次要人物啊，但萨克雷不放过他，让他的命运继续演进。这位破产的塞德立先生每天照例去股票场所上下班，他还在借贷疯狂地投机，后来他几乎成了一个老年痴呆者，脑子里唯一想的还是投机，他把儿子寄给他们家的生活费都拿去投机了，然后欺骗家人说儿子没寄钱来。一家人的生活落入空前的窘迫。你瞧，好的作家就是连一个配角都不会放过。这是需要强大的对人的洞察力的。我们的小说没有命运感，首先是因为没有人物，没有人物是因为没有情感。命运感是建立在此基础上的。人物、情感、命运永远是小说最基本的价值。

何言宏：某种意义上说《风和日丽》是敏感的，因为它涉及到敏感问题，比如你写到"八九事件"，你写到一位开国元勋，后来应该是国家领导人。在中国，这两块都是禁忌，但你经过自己的处理，穿越过去了，我想这是"将军"隐隐约约的神秘的原因吧？你的《爱人同志》也是这样，也涉及到敏感的历史问题。

艾伟：在中国写作，特别是涉及到如此层级的人物还是有禁忌存在的。其实这部小说最初有一个附录，我拟了一个将军的官方年表。但被出版社删去了。如果允许，我想我完全有能力把将军落实到实处，写他在哪个部门，主持什么工作，“文革”复出后又官至哪级，处理过什么关系到党和国家命运的事等等，但如果我这样写，这部作品恐怕没有一家出版社敢出。这不是说我写的将军有多坏，而是涉及到这一层级的领导人几乎不能碰的。现在的方法也是一种走钢丝的结果。我要穿越那禁忌达到目的，还要允许出版。这种所谓的“神秘感”是这一过程的产物吧。虽然在《风和日丽》这部小说中，我尽量想贴着人类大地写作，写日常生活，拒绝不经过日常逻辑检验的象征或变形，但“将军”这一形象还是有一些象征或寓言策略在里面的，所以，清华兄评论这部小说是写真性与寓言性的统一，我完全同意。

何言宏：在中国，革命意识形态就是我们的天花板，我们生活在其下，我们几乎不能逃出它给定的框架。在这个前提下，在写作时，你内心有惧怕和犹豫吗？

艾伟：我们这一代作家和上一代作家还是有区别的，我们相对来说，这种来自“政治”的恐惧没有像上一代那么有切身的感受。我个人的经验是，我如果想要表达某种反思也好，苦难也好，我还是会按我的想法进行下去的。并且我认为，一个作家的兴奋点其实是始终如一的，你不在你的兴奋之所进行下去，你也就难以为继了。如前所述，在中国写作还是有禁忌的，我知道规约在哪儿，我承认是会有“自我审查”的。但好的艺术家，就是在规约中跳舞，规约从来就是艺术所必需的，我相信即使有规约，依旧可以想办法达到你想要的效果，也许反而更好。比如我写到八九年那场著名的风波，坦白地说，我是拘谨的，有一种放不开的感觉。但如果没有规约，我可能让天安死在现场。但死在现场是没有想像力的，是任何作家都可以想到的。最后我设置天安死在逃亡之路。我发现这样的安排更有一种大时代的动荡和飘零之感，也达成了想要表达的目标，似乎更具艺术气质。

何言宏：这几年很多作家都开始对中国革命的书写和反思，像李洱的《花腔》，包括刘醒龙的《圣天门口》，我觉得《风和日丽》给我一个突出的感觉是对待世界比较公正忠直，可以说，你几乎弃用了新时期以来作家们惯用的解构方法，你这部小说同时也是建构的。令人印象深刻的就是老将军尹泽桂为外孙天安留下的温暖的墓志铭：愿汝永远天真，如屋顶上之明月。

艾伟：关于革命叙事，有很多代表作，《青春之歌》是一种，完全照革命意识形态叙事的。后来，在90年代，我们解构革命，在相反的方向上叙述革命。我试图公正地对待革命，对待这个壮阔的人类现象。革命在残酷的同时，也有着它特有的诗情和爱意。人性虽然会被意识形态左右，会变异，但人性总归是人性，我愿意相信它，人性最终会胜出。

何言宏：我很喜欢你对小说的组织，尤其是一些场景，其实是带有抒情性的。你很明显喜欢“干净”。“那年冬天，雪一场接着一场下，整个北京城变得像一个洁白的童话世界，晚上杨小翼躺在自己的小窝里，看到窗外白茫茫的一片，雪把夜晚映白了，从窗口能看到雪花从天上掉下来的情景，大朵大朵的往下扎拖着长长的影子，在天空的时候还闪着微暗的亮点，接近陆地时变得幽暗，雪花很像烟花熄灭后落到地面上的灰烬”。看完后感觉从未有过的孤单。这种类似场景的写作很多，我最喜欢这些场景中蕴含的一种味道、调子，我自己认为这些场景接近你本人的一种精神。你的小说音乐感很强就像命运交响曲，里面很多人的命运组织在一起。

艾伟：汉语是有自己的历史的，我们用汉语写作要对得起这种语言。在《风和日丽》写作时，我在修辞上确实下过功夫。总的来说《风和日丽》的写作是极其愉悦的，最焦虑的倒是起书名的时候。《风和日丽》将近尾声时，我感到这部作品在我的写作中是重要的，里面确实有一种不同于前期的风格，有一种日常的温暖的诗意在，在气象和格局上也更大，有人类正面的价值和情怀。我看重这种蜕变。有一次和毕飞宇兄电话聊天，他给我一个建议：如果你看重这部作品，还是从三部曲中独立出来。我接受了他的建议。然后接下来就重新定书名。2009 年的春节，我满脑子都是书名，散步、吃饭、待客几乎都在想这事儿，我起了一百多个书名，像疯了一样。《风和日丽》是最早出现的，转了一个大圈子，最后发现还是这个书名妥帖。

何言宏：李洱说，你的小说是面对时代的一种艰难的发声方式：关于我们内心的虚弱、阴影和疼痛。这是一直以来你的小说的特有气质，这种特质的形成似乎与你忧郁的气质吻合，谈谈这种忧虑的形成缘由吧。

艾伟：这个很难说，我并不知道我在别人眼里是什么气质。童年和少年时期，我是个十分粗野的乡村孩子，我经常打架，有一些个人英雄主义。我记得那时孩子们经常玩一种战争游戏，在沙滩上用泥块攻击对方，冲到对方阵地就算赢。我是冲在最前面的那个人，经常被砸得满头是包。有些坏小孩还用石块砸人，有一次我被砸得鲜血直流。成年后，外在的性情大变，变得不那么好动，安静起来，但我想这只是表面，我的内心一直有一个英雄主义情结存在的，所以我小说里的男人大都很男人，比较强硬。现在我的外面谦和，但我知道在内心那种不服输的劲儿从来没消失过。

绝处逢生的艺术

——艾伟《战俘》简评

汪　政

从文本特点上看，艾伟的《战俘》（发表时名为《中篇1或短篇2》）是未完成的作品，或者说是一部开放性的作品，它让我想到史铁生在1991年创作的《中篇1或短篇4》。不过史铁生的作品从中篇角度讲应该是自满自足的，四个短篇似乎也相对独立，人物与情节之间的关系是想像性的，似有若无，它们在内在的语义结构上处于一种相互说明相互生发的互文性或循环阐释的关系当中，我觉得它应该是一次性整体构思的产物。而艾伟的《战俘》则似乎是另一种写作方式。它的结构却是线型的，人物与情节具有连续性，就小说的上部《俘虏》而言，它作为一个短篇是完整的，自足的，但是，这个短篇的题材、情节与人物强烈地提示读者它所具有的历史与现实语境。它有一种内在的冲动，要求突破虚构的故事框架向现实延续。对读者来说，它这一种内在的极具诱惑力的召唤结构，要求读者的期待视野作出应答，因为对这个志愿军俘虏而言，绝处逢生的成功出逃并不意味着事件的结束。

这就涉及到写作上一个非常有趣的问题，也就是文化语境对作品的根本性制衡。因为上述现象也许只有在特定的意识形态、特定的价值体系、特定的历史传统以及特定的生命观念中才可能发生。也许，对托马斯那一类读者而言，这样的故事、人物及构思都不可能存在。但对于中国读者而言，特别是那场战争过去之后五十年中发生的事件，使得人们对这个战俘以后的遭遇充满了疑虑，即使作者就此打住，读者也会按照历史与现实的逻辑去为人物设计未来的结局。因此，一个作家重要的写作资源应当包括一定文化背景下的阅读心理，惟有充分利用，才能写出真正的“中国故事”。

所以，下部《忠诚》的接力而上是再顺理成章不过的。对于人物来讲，这并不亚于他的被俘，是另一种“生处逢绝”，我们的主人公已经发现，他“闯入了一个危险密布的地方，随时有可能身败名裂”。而对艾伟的写作而言，则是绝处逢生。对两个短篇的关联的处理在技术上并非难事，在作品中，通过对一个偶然细节（枪杀托马斯）的重新激活（托马斯死而复生）就解决了。有读者的心理期待在，怎样处理都是可以接受的，关键是人物如何面对组织，如何面对带出其战俘经历的美国战俘托马斯，如何与自己早已失去信任且处在潜在对抗的紧张关系中的战友相处。故事继续书写显然具有必然性。

按照这样的思路，艾伟的这部作品还远远没有完结。下部《忠诚》的结局相比起上部《俘虏》而言隐藏着更多的戏剧性，任何一个细节的芽苞都可能抽出漫天飞舞的枝条。即使文本就此而止，它也会与中国读者的历史记忆与现实经验接通，就像“我”在故事中联想起那位被日本人抓去筑路的工程师的命运一样，这样的联想与生发会因历史记忆与现实经验的差异而呈现出开放的多样化的状态。当艾伟的《俘虏》与《忠诚》以这样的方式呈现出来时，它就成了某个被给予了初速度的事物一样，在审美想像的可能性与历史经验的现实性中滑行下去。说《战俘》是开放的，就是说它在阅读世界里消弭了文本内外的界线，它与它由阅读生成的未来一起成为“作品”。

这样来探索这部作品题材与语境上的特殊性，并不意味着艾伟的创作意图是针对题材本身的，甚至是要尝试着去触及一些“敏感”的区域。艾伟这次看上去标准的写实其实是在“写意”，是为了他对人的探究的形而上的思考。这是艾伟已被证明了的看家路数，比如他的长篇《爱人同志》。那是一部写英雄的作品，英雄诞生在对越自卫反击战之中，无论是对越之战，抑或是英雄，都是重大的敏感的题材，但是如果认为《爱人同志》就是写英雄的，那就在相当大的程度上误读了它。英雄不过是为人物的生成、角色的定位和性格的变化提供了一个“非常情境”，这种非常情境中人物内心演变的历史，或者说这种情境中人性的秘密才是作品的重要旨趣。在《英雄》中，艾伟完成了一个英雄消失的过程，一个英雄自我消解，自我堕落的过程，一个人既不能承受生命之重（英雄），又不能承受生命之轻（不被看作英雄），这里面会催生出怎样的人性之“恶之花”呢？

将人置于非常情境之中，去看取人性的变化，这也是一种“绝处逢生”的手法，从这里，可以看出艾伟对叙事艺术经典传统游刃有余的发挥。在《战俘》中，这种非常情境就是抗美援朝，就是战俘的角色，以及关于这一切的明确而泛化的道德体系与意识形态，当人物被置于这样的情境之中时，我们会发现什么？

“我”是一位勇敢善战的侦察兵，所以，“我从来没想过失败”。但“我”成了一名战俘，这对一位志愿军（而不是对所有的军人，比如托马斯之类）来说，是沮丧的和异常屈辱的。所以，他的第一反应就是千方百计地去死，去创造被杀的机会（“我要激怒他们，让他们毙了我”）和自杀（自沉冰河），用死来保全自己的荣誉，实现自己的理想：“我想像冰下的水，想像水中的鱼，我多么愿意自己是一条鱼，一条自由自在的鱼。我将从这里出发，游入大海，然后游回自己的祖国。”但也就在这生与死的绝境中，人物性格的复杂性出现了。艾伟将笔探向了人性的一些最基本的层面，看出了它与人物原先所认同的道德和意识形态层面的冲突。这种语义模式类似于弗洛伊德的本我与超我的结构，只不过艾伟并不是从本能、潜意识的层面来设计的。当“我”面临死亡时，“我是有点恐惧的”，而当“我”被救下时，“我的胸口充满了喜悦”，“我清楚地意识到自己对生的留恋”。虽然，“喜悦迅即消失，沮丧马上占据了我的心头”，因为，“我意识到自己也是一个贪生怕死的人”。

类似的冲突还在另一种生命内容上展开。在作品里，美国人托马斯对“我”千方百计的赴死行为很不理解：“你为什么要死？你这么年轻。”托马斯随后拿出一叠韩国女人的裸照。他这么解释这些照片，并将其与生命观联系在一起：“你为什么要死呢？你瞧瞧这些美人儿，生活是如此美好。”当“我”以其太太的名义责问他时，他的回答竟然是：“她只会更加爱我。”而这一些理所当然地被“我”斥为“下流”、“流氓”。如果这两者的冲突凸现的是理性层次上不同的文化传统、象征资源的差异的话，那么，更让“我”难以忍受与解释的是它在自己心中引起的无法抗拒的生的诱惑和欲望的升腾，以及由此产生的对生活的具体认识，对原先生活中美好与温情的发现（女护士）。“我”意识到“中毒”了，但却无法抗拒。正是这些从一个人的内心深处悄悄地改变了他的生命观。正如托马斯意味深长地说的“现在我放心了，我知道你不会自杀了”。

但是，“超我”的力量依然是强大的，这种力量既来自对“俘虏”这个符号的畏惧，也来自对原先角色的渴望。接下来作品将情节推向更紧张的戏剧化，同时也让人物陷入了又一个的“绝处”。为了找回原先的荣誉，他必须逃出俘虏营，而要逃离俘虏营，他又必须除掉曾经两次救过他生命的托马斯，在对自己反复的质疑批判之后，“我”终于选择了后者。这时，作品意味深长地写道：“当我知道自己杀了托马斯后，令人奇怪的是，我并没有不安，相反，我很快找到了自己，找到了自己的角色和身份。”

然而，如前所述，事情并没有完，于是有了《忠诚》。“我”自以为找到了“角色与身份”，其实，现实远没有这么简单，因为，在“我”的文化传统与价值系统中，一个人是很难承认自己的“战俘”身份的，这恰恰与托马斯等另一类文化与价值体系中成长起来的军人相反，后者似乎对此无动于衷，他们关注的是前者所不齿的生命与享乐。作品在展示这种价值冲突的同时，主要的着力点是将“我”置于许多两难或无法选择的选择之中，什么是战友，什么是信任，特别是，什么是“忠诚”，向组织如实地叙述自己的被俘历史，这应该是忠诚的表现，但这样的忠诚恰恰会换来组织对自己不忠诚的惩罚，俘虏是一个符咒，“忠诚”也成了一种怪异的力量，推动着人物一步步走向它的反面，残忍、惊惧、猜忌、设防、变态，特别是托马斯死而复生戏剧性地成为“我”所管理的战俘之后，那种虐杀掩盖下的巨大的恐惧以及由此造成的性格的扭曲令人触目惊心，正如人物自己所言，在别人的眼里，“我是个变化无常的魔鬼”。

作品的魅力也正是在展示这种“变化无常”，并探讨导致这种变化无常的背后的力量。经过了“战俘”的变故，“我”是不可能彻底地回到原来的我了。“我”居然庆幸没有杀死托马斯，并在最后放了他，这本来是不可想像的。在《俘虏》里萌生的东西到了《忠诚》里犹如一点微亮的光，也许，这缕微亮的光还会不时在“我”今后的人生旅程处闪烁。

《忠诚》的最后又将人物置于生死的“绝处”，在拟想中，我们的主人公将“拉响身上的炸药和爆破筒，把自己和敌人送进天堂”，但谁又会保证这一次不会再一次地“逢生”呢？于是，这个开放的故事依然可能会有下文。熟悉艾伟的读者会建议作家继《爱人同志》的英雄故事之后不妨写一部“战俘”的故事，至于线索，作家本人早已写下了：“俘虏这个名号会跟我一辈子。以后人们就会叫我俘虏。我的屈辱将是一辈子的事。”

经验必须被存在所照亮

——读艾伟小说所想到的

谢有顺

在《小说的艺术》一书中，昆德拉称小说家为“存在的勘探者”，而把小说的使命确定为“通过想像出的人物对存在进行深思”，“揭示存在的不为人知的方面”。我认同这种对小说的理解，它告诉我们，好小说必须在世界和存在面前获得一种深度，而不是简单地在生活经验的表面滑行——但我注意到，当下越来越多的中国作家无视这样的劝告，他们更愿意把写作变成再现一种贫乏的经验，复制一种简陋的生活。肤浅和粗糙，正在成为新的文学敌人；千人一面的欲望场景，日益统治着年青一代的写作。写作这种有难度的精神活动，在另一些人那里，被简化成了单一的个人经验的自我展示，甚至被简化成了获利的手段。当作家们普遍热衷于描绘“直接现实主义”，热衷于摹写个人庸常的生活细节，我们也许有必要继续追问：一个有内心质量的作家，应该如何重新掌握处理经验与记忆、个人与世界、想像和虚构之间复杂关系的写作技艺？

我并不否认，经验在文学写作中的全面崛起，强化了写作的真实感，并为文学如何更好地介入生活提供了新的视角和资源。但我想说的是，经验并不是当代生活的全部，也非写作唯一用力和扎根的地方——在复杂的当代生活的面前，经验其实常常失效。一个作家，如果过分迷信经验的力量，过分夸大经验的准确性和概括性，他势必远离存在，远离精神的核心地带，最终被经验所奴役。经验如果无法被存在所照亮，经验在写作中的价值就相当可疑。

必须看到，在一个传播和信息疯狂增长的时代，古老的叙事艺术正被新闻报道式的文体所代替。一方面，新闻事件、文化符号、欲望细节越来越多，另一方面，个人生活的价值领域却在萎缩、甚至消失。任何的事件和行为，一进入现代传播中，被纳入的往往是公共价值的领域，以致无法再获得“个人的深度”（克尔凯戈尔语）。任何的个人经验只有被贴上巨大的历史标签或成为特殊的新闻事件之后，它才能被关注和获得意义——当下文学界，会有那么多的无谓争执和耸人听闻的炒作，正源于此。它看起来是在伸张自己的个人经验，其实是在抹杀个人经验，因为这个所谓的“个人经验”，带上的总是公共价值的烙印。从这个角度说，尽管现在的作家们都在强调“个人性”，但他们进入的恰恰是一个个性模糊、经验不断被公共化的写作时代。

经验是写作的重要材料，但在这个任何事件和感受都能被符号化（也就是公共化）、被消费的传播时代，作家的责任该体现在如何对经验进行辨析、如何使经验获得“个人的深度”上。这种对经验的辨析，正如克尔凯戈尔辨析“记忆”和“回忆”这两个概念之间的不同一样。他在《酒宴记》中说，你可以记住某件事，但不一定能回忆起它。“回忆力图施展人类生活的永恒连续性，确保他在尘世中的存在能保持在同一进程上，同一种呼吸里，能被表达于同一个字眼里。”而简单的记忆，记住的不过是材料，它因为无法拥有真实的、个人的深度，必定走向遗忘。耿占春先生在《回忆和话语之乡》中对此也作了分析，他说：在新闻主宰一切的今天，“人人都记得的一件事，谁也不会对它拥有回忆或真实的经验。这反映了经验的日益萎缩，这也表明了人与经验的脱离，人不再是经验的主体。看来不太可能的状况已经出现在我们的生活中：我们生活在并非构成自身经验的生活中。我们的意识存在于新闻报道式的话语方式中，因而偏偏认为：不能为这种话语方式所叙述的个人生活经验是没有意义或意指作用不足的。”确实，当下中国作家面临的一个重要困境就是，“生活在并非构成自身经验的生活中”，生活正被这个时代主导的公共价值所改写，在这种主导价值的支配下，一切的个人性都被抹煞，写作似乎只是为了投合“多数人”的趣味，因为只有这样，作品才能获得最大限度的商业和传播价值。

如果用哈贝马斯的话说，这种对生活的简化和改写，其实是把生活世界变成了新的“殖民地”。他在《沟通行动的理论》一书中，特别提到当代社会的理性化发展，已把生活的片面扩大，侵占了生活的其他部分。比如，金钱和权力只是生活的片面，但它的过度膨胀，却把整个生活世界都变成了它的殖民地。面对这种状况，重述一个作家的责任和追问能力是必要的。惟有责任，惟有对存在的不懈追问，才能使作家拒绝认同片面生活对整个生活世界的殖民，才能重建生活的整体关怀，而不会仅停留在那些具有新闻聚焦点的有限的场景和事件上。

当众多作家集体转向千人一面的欲望化场景的书写，个人写作实际上就成了一种新的公共写作，它的背后，是对更大的生活经验领域和人类存在境况的忽略。——这样的危机值得作家们警惕。

这或许正是叙事艺术所面临的危机。本雅明早在一九三六年就在他著名的《讲故事的人》一文中作了这种预言式的宣告。在本雅明看来，“讲故事这门艺术已是日薄西山”，“讲故事缓缓地隐退，变成某种古代遗风”，本雅明把这种叙事能力的衰退，归结为现代社会人们交流能力的丧失和经验的贬值。他认为，新闻报道成了更新、更重要的第三种叙事和交流方式，它不仅同小说一道促成了讲故事艺术的死亡，而且也对小说本身的存在带来了危机。这样的时刻，作家的意义在哪里？我想，他的意义就在于，他能够在个人经验遭受侵蚀和淹没的时候，为经验寻找一条回到个人内心、使之获得意义的通道，他能够使我们重新生活在构成我们自身经验的生活中。也就是说，写作必须获得广阔的视野，同时又要逃离那些日益成为主流、成为新的公共标准的价值体系。

我愿意在这个背景里指出艾伟的写作价值。从《爱人同志》甚至《越野赛跑》开始，艾伟便已经建立起了自己的写作视野和话语方式。他没有像其他人那样，沉迷于欲望场景和都市传奇，更无意为一种早已泛滥的所谓的前卫生活作证，他的写作的个人性，并不黏附于那些大家耳熟能详的公共经验上，他力图以不同的视角，揭示那些被忽略、但极为重要的内心事件。

他的写作同样是个人的，但这样的个人连接上的是更为广阔的存在视野。他敞开的是一种隐秘的、具有“个人深度”的经验，或者说，他书写了一种经验的新的可能性。

艾伟自己曾说：“我的小说一般有一个指向，就是考查意识形态下人性的状况和人的复杂处境。”的确如此，他的新作《俘虏》和《忠诚》，也是把个人放在不同的意识形态状况下拷问。他发现，人性的挣扎，内心的斗争，最终往往让步于一种意识形态的强力。《俘虏》中写的那个中国战士，他作为一个抗美援朝战场上的美国俘虏，首先要捍卫的是一种“国家荣誉”和“阶级立场”——想到这，他觉得惟有自杀才能洗脱自己被俘的耻辱。他也的确自杀过，但被那个把他从南韩人的枪口下救下来的美国兵托马斯再度救起。为了重新恢复这个中国俘虏对生活的热情、对生命的珍爱，托马斯甚至让他看一些色情照片，于是，一个被意识形态的强力所格式化和异化了的战士，内心那个纯属个人的隐秘角落似乎就这样被唤醒，他发现自己即便是在敌人面前，也同样渴望友谊、信任和爱，包括那些并不高尚的欲望，也是那么的真实——这种坚韧的人之常情，在一个以仇恨和杀戮为主要的意识形态教育内容的战场上，尽管温暖，但显然违背一个战士固有的“阶级立场”，最后，为了扑灭自己内心那个抗议，为了回应意识形态强力的要求，中国俘虏在逃跑过程中还是枪杀了那个对自己照顾有加的美国士兵托马斯。

悖论就出现在这里：这个在俘虏营里坚持了“阶级立场”、九死一生才逃回来的特种兵（“我”），在自己的部队里却不仅不被信任，反而被反复审查。这个时候，侥幸没被他打死的托马斯，却成了中国部队的俘虏，看守他的，恰恰是那个不久前枪杀他而逃跑的“我”——两人的境遇在这两个短篇中刚好调换。于是，关于生命和友谊，关于信任和忠诚，关于人性中那些挣扎的冲突，被放在了不同的语境中来审视。意识形态和阶级立场，要求中国士兵与美国士兵之间必须仇恨，必须你死我活，但他们内心那种被唤醒的个人情感却不愿意这样做。这样，一次战争，就被艾伟巧妙地化解成了个人如何在意识形态的困境下受磨碾、个人如何对抗一个时代的意志、个人如何在人性的漩涡中坚持基本的情感和信念等命题。

艾伟的这两个短篇主旨是清晰的，他书写的那种强力的意识形态和软弱的个人情感之间的冲突，极为独特而意味深长。但我认为，更值得关注的是艾伟的这种写作方式，以及他切入世界的角度。他的写作，可以视为是对我开头所说的那种写作困境的有效反抗，因为他没有停留于经验的表层，而是真正将经验置于存在的视野、个人的深度中来重新叙述。当多数作家都在不约而同地书写自我的那点私密经验时，艾伟已经转身离去，他回到了虚构和想像的道路上，并通过虚构和想像重新梳理有意义的个人经验，使经验走向存在，走向独立的个人，进而从那种千人一面的公共价值的丛林中逃遁出来。

艾伟这种处理经验的艺术，以及他试图重新获得对宏大命题的发言能力的追求，我认为，这正是当代写作中所匮乏的一种品质。格非先生前一段对我说：中国作家在经过了许多年“怎么写”的训练之后，应重新考虑“写什么”这一问题。——

我深表赞同。同样，当书写经验被推崇成了新的、不容置疑的写作标准之后，作家们应该学会辨析经验，并关注经验底下的个人通道接上的究竟是哪一条精神血管，哪一种存在视野，否则，一旦经验丧失了个人深度、丧失了精神核心，所谓的经验写作，也不过是在同新闻写作争宠而已，并无多少价值可言。

2004 年 7 月 15 日，广州

艾伟创作年表

短篇：

《少年杨淇佩着刀》 《花城》1996 年第 6 期

《敞开的门》 《收获》1997 年第 2 期

《表姐和她的猫》 《山花》1997 年第 4 期

《乡村电影》 《人民文学》1998 年第 3 期

《七种颜色的玻璃弹子》 《人民文学》1988 年第 3 期

《老实人》 《湖南文学》1998 年第 10 期

《杀人者王肯》 《天涯》1999 年第 1 期

《去上海》 《人民文学》1999 年第 2 期

《说话》 《钟山》2001 年第 1 期

《像一只鸟儿》 《天涯》2001 年第 2 期

《传花击鼓》 《上海文学》2001 年 7 期

《绕城三圈》 《山花》2001 年第 7 期

《水上的声音》 《收获》2002 年第 2 期

《一起探望》 《上海文学》 2002 年 7 期

《小卖店》 《江南》2003 年第 6 期

《寻父记》 《山花》2004 年第 1 期

《欢乐颂》 《莽原》2004 年第 1 期

《菊花之刀》 《钟山》2004 年第 3 期

《迷幻》 《收获》2004 年 6 期

《杀妻记》 《花城》2005 年 1 期

《喜宴》 《山花》2005 年 3 期

《田园童话》 《上海文学》2005 年 12 期

《诗人之死》 《上海文学》2005 年 12 期

《父亲的愿望》 《人民文学》2007 年第 1 期

《小偷》 《收获》2007 年第 5 期

中篇：

《一个叫李元的诗人》 《天涯》1997 年第 6 期

《到处都是我们的人》 《上海文学》1998 年第 9 期

《穿过长长的走廊》 《东海》1999 年第 5 期

《标本》 《山花》1999 年第 7 期

《重案调查》 《上海文学》1999 年第 5 期

《1958 年的堂吉诃德》 《江南》1999 年第 3 期

《回故乡之路》 《人民文学》2000 年第 12 期

《家园》 《花城》2002 年第 3 期

《小姐们》 《收获》2003 年第 2 期

《亲骨肉》 《布老虎中篇》2003 夏季卷

《水中花》 《花城》2004 年第 1 期

《中篇 1 或短篇 2》 《当代作家评论》2004 年第 5 期

《乐师》 《收获》2008 年第 3 期

长篇：

《越野赛跑》 《花城》2000 年第 3 期

人民文学出版社 2001 年 10 月

《爱人同志》　　《当代》2002 年第 4 期

人民文学出版社 2002 年 8 月

《爱人有罪》　　《收获》2006 年长篇春季卷

春风文艺出版社 2006 年 1 月

《风和日丽》　　《收获》2009 年第 4、第 5 期

作家出版社 2010 年 3 月

小说集：

《乡村电影》　　华夏出版社 1999 年 8 月

《小姐们》　　春风文艺出版社 2003 年 12 月

《水中花》　　群众出版社 2004 年 1 月

《水上的声音》　　山东文艺出版社 2004 年 5 月

文集：

《艾伟作品集》五卷　　浙江文艺出版社 2011 年 6 月